詩をポケットに

愛する詩人たちへの旅

吉増剛造

NHKライブラリー

NHK出版

装丁：菊地信義

目次

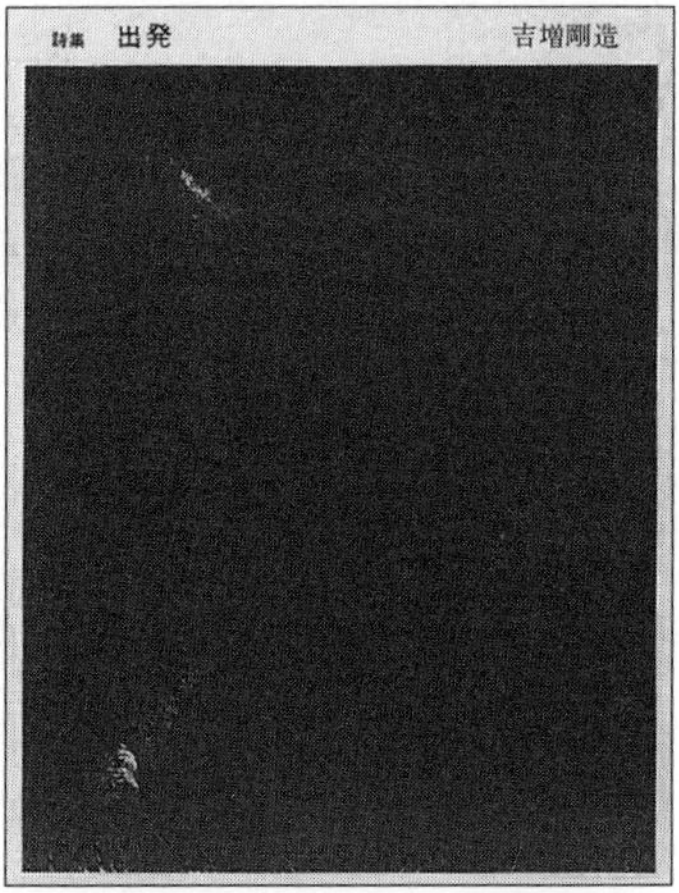

処女詩集『出発』（1964年：新芸術社刊）

序　はじめての本

思いがけない、かすかな驚きを、路傍に出たときのウサギか小動物のように覚えつつ、序の文章をわたくしは書きはじめようとしています。こんな本が出来ることになろうとは、……という思いがけないあたらしい空気、その空気にふれて、〝この本がわたくしのはじめての本〞と囁く声が、何処からか聞こえてきていました。そしてそれに頷《うなず》いている人の姿、その人は口籠りつつも、もう何かを語りはじめているらしく、その佇い、様子までが、ふと、木漏れ日か明るい障子のむこうの庭に、映し出されるのをみる気がしていました。

その人影は、あるいは思いがけない深い失意と悲しみに彩《いろど》られた人の影であったのかも知れないし、あるいはまた、喜々として遊ぶ幼な子の姿であったのかも知れなかった。あるいはそのどちらでもあるような、……熔けいるような自由さを感じさせる、そうした言葉の賑いの庭だったのでしょうか、……。

（旅先で読みつづけています書物、吉本隆明『初期ノート増補版』一八〇頁から咄嗟に引きますと、その「言葉の賑いの庭」は、吉本氏が引いています宮沢賢治の詩篇「穂孕期（一九二八、七、二四、）」のこんな詩句にも通じているのでしょうか、……）

みんなのことばはきれぎれで
知らない国の原語のやう
ぼうとまなこをめぐらせば、
青い寒天のやうにもさやぎ
むしろ液体のやうにもけむつて
この堂をめぐる萱むらである

賢治の眼には、彼の眼前のひかりや風や景色は、ほんとうに〝青い寒天のやうに〟〝液体のやうにもけむつて〟いた筈で、気がつくと、驚くべきことにわたくしたちもまた、この宮沢賢治の眼の戸口に、その宇宙の庭先に、おそらくふるえながら、佇んでいるのです。一冊の本を書き終えることによってはじめて、わたくしたちの身近にいた、さほどときをへだてていない時代を生きた詩人たちの「眼の戸口」に佇むことが、こうして出来るようになってくるということ。そして、「詩的経験」という言葉でいい表わされるものよりも、もう少し生々しい、頬に不意の微風をふと覚えて、ときには恐しくさえなるほどの、そんな驚きに、この本を書く途上で出逢いましたということを、その確実な手触りを、皆さんにおつたえしたかった、……。このことは「習う」、「学ぶ」、「発見する」ということとは微妙にちがう、いわば眼が生きてうごいているシーンの自覚といってもよいもので、尾崎放哉の回に紹介してみました、折口信夫のいいます「発見感」にちかいもの(折口信夫はこのとき正岡子規の歌「瓶にさす藤の花ぶさ、……」をあげていました、……)だといえるのではないのでしょうか。

　もうひとりの天才の例といいましょうか、この扱いにくい途方もない人のこころのなかの声の遣り取りの様子、わたくしが耳にしました、その声のご紹介をこころみてみたいと思います。宮沢賢治とともに、この詩人もわたくしには、とても苦手な存在だったのです。その声の出処《でどころ》をさがしてみます。

　ホラホラ、これが僕の骨だ、
　生きてゐた時の苦労にみちた
　あのけがらはしい肉を破つて、
　しらじらと雨に洗はれ

ヌックと出た、骨の尖《さき》。

………

ホラホラ、これが僕の骨――
見てゐるのは僕？　可笑しなことだ。
霊魂はあとに残つて、
また骨の処にやつて来て、
見てゐるのかしら？

（中原中也「骨」『中原中也全集』角川書店）

いかがでしょう、何処からか、他界から覗いているような眼と口調が感じられて、どなたもそうだろうと思われますが、なんとはなしに、〝愛唱する〟というには程遠い、これは詩篇なのではないでしょうか。しかし、この「ホラホラ」という声と口調は、こころに歴然と残ります。わたくしたちのもっているらしい直観の力は、侮《あなど》ることの出来ないもののようで、中也のこの「ホラホラ」に、非常な純度をもつ声を、もっとも始源的な初《うぶ》な声を聞きとっていたらしいのです。みずからもまたそれを確実に聞きとっていたらしいことを自覚する、……そこに「詩」があるのかも知れません。中也自身も母親の言葉を引いて、それに聞き耳を立てて、面白がっている個処ですので、この〝面白がり方〟にも中也の詩の秘密もありましょうから、二重三重に、耳のアンテナを立てるようにして、この場面を眼前に据えてみることにしてみます。

「あんよが出来出す一寸前頃は、一寸の油断もならないので、行李の蓋底におしめを沢山敷いて、その中に入れといたものだが、するとそのおしめを一枚々々、行李の外へ出して、それを全部出し終ると、今度はまたそれを一枚々々、行李の中へ入れたものだよ。」（中也の母、福さん。引用者注）——さう云はれてみれば今でも自分のそんな癖はあつて、なにかそれはexchangeといふことの面白さだと思ふのだが、……

（「一つの境涯」『中原中也全集』第三巻）

中原中也の詩篇に接したことのある方には、この場面から、中也独特の運動感、響き（太鼓のなる音、テンポ、……等々）や、匂いがしてくるのを直観的に認められるのではないでしょうか。「ホラホラ」はそこから直《じか》に、先程の賢治さんの詩句でいいますと「知らない国の原語のやう」に、幼児の、いや「赤子の原語」として、その「原語」の穂先のようなものとして、わたくしたちにとどくのだと思います。これが稀有で、「詩」というよりもっと、……生存にとってじつに大切なことなのだということを、この本を書きつつわたくしは気がついていました。そして、ここがこの「序文」のテーマなのかも知れないのですが、わたくしのこころの境域には、その「場面」が決定的に喪われているらしいことに気がつきます。

何処にむかってそれを白状したらよいのかまったく途方にくれる、辛《つら》い思いとともに。

ここから、この本が誕生することになった契機を、といったらよいのでしょうか、この本を書くことによってのみ明るみに出ることになった、賢治さんとは別の様子をした朧げなるものの存在の正体について、わたくしは、わたくしも、……語りはじめなければなりません。この「はじめての本」に隠されているらしい核のようなものを。そこからあるいはみすぼらしいこころの光がとどいて、二、三人の例外がありましたが、茂吉、晶子、折口、柳田、そして中也、賢治といった、わたくしからは祖父母、曾祖父母に当る近代の文人、詩人たちが多く選ばれることになっていったのかも知れません。それと、考えてみますと、この本は、とても、いびつ(「飯櫃形」＝いびつなり。この「楕円《だえん》」の光が二個所、本書には出てきています、……)ななりをした本なのかも知れません。これはもうお詫びのしようのないことです。短かい序にくだくだしい著者の来歴を書き綴りますよりも、ここを水源にするように(十八歳か十九歳のときのものですから、もう四十五年以前になります)乏しい詩の道を辿ることとなりました、処女作といってもよいのでしょうか、少しく

「朧げなるものの存在の正体」が、〃ぼうと、けむって〃（賢治）みえて来もするのでしょうか、……「作品」としてではなくて、ノートか日記帖に書いて、〃これがわがこころ〃と呟いていたことをよく覚えています、「帰ろうよ」という詩篇を、この「はじめての本」のかたみに、あるいは栞《しおり》として挟んでおきますことをお許し下さい。これで、わがことはいいつくした、……と半世紀も前に幼いこころが、思いきめた一篇でした。

歓びは日に日に遠ざかる
おまえが一生のあいだに見た歓びをかぞえあげてみるがよい
歓びはとうてい誤解と見あやまりのかげに咲く花であった
どす黒くなった畳のうえで
一個のドンブリの縁をそっとさすりながら
見も知らぬ神の横顔を予想したりして
数年が過ぎさり
無数の言葉の集積に過ぎない私の形影は出来あがったようだ
人々は野菊のように私を見てくれることはない
もはや　言葉にたのむのはやめよう
真に荒野と呼べる単純なひろがりを見わたすことなど出来ようはずもない

人間という文明物に火を貸してくれといっても
とうてい無駄なことだ
もしも帰ることが出来るならば
もうとうにくたびれはてた魂の中から丸太棒をさがしだして
荒海を横断し　夜空に吊られた星々をかきわけて進む一本の櫂にけずりあげて
帰ろうよ
獅子やメダカが生身をよせあってささやきあう
遠い天空へ
帰ろうよ

（拙著『出発』新芸術社）

「一個のドンブリの縁」がかろうじて、中原中也の「おしめの行李」と接触しているのだといえるのでしょうか、……。しかし、ここに垣間みられる渇きは、尋常ではありません。なにかに根絶しに、なにかを根こそぎにされた、桜か柳かの小天地がここには映しだされていて、この「ここ」は、「廃跡」とも「時代」という言葉とも、どれとも置きかえることの出来ない、まぎれもない「初めての場面」でした。わたくしは「ここ」から出発してきて、半世紀を経てようやくこの本の詩人たちと出逢うことになりました。わたくしの出自は「荒地」の「雑草」であり、「雑巾（高銀《コ・ウン》氏）」のはためく場所、「死んだ胡蝶（戈麦《ゴーマイ》氏）」や本能を喪ってさらに飛ぶ蝶たちの場所でした。

さ、もう、このあたりで、折角この本を手にし、「ポケット」の裏地を、ときに指先でたしかめながらでしょうか、もしもそうしていただけますのなら、それこそがこの本の夢の実現ですが、たった一冊の「ケータイ歌集」を手づくりされて、その本とともに、あるいは途方もない未来へ、彼方へと旅立たれようとされている方の足をとめることは、もう、このあたりで、折口信夫さんの困難な旅に前後して、宙空を飛んだといいます「道をしへ（斑猫《はんみょう》とも呼ばれることのある、体長二センチ程の緑色の甲虫《かぶとむし》）」に、みなさんの足をとめることはまかせることにして、「序」の語り手は、消えて行くことにいたしましょう。

いつ何処の干瀬の岩蔭か、旅先の東南アジアの街のほこりっぽい路次でか、中也さんのとはまったくちがった声で、「知らない国の原語のやう」（宮沢賢治）に、あの「ホラホラ」が聞こえてくるようになるのか、それは、誰にも予測のし得ないことではないのでしょうか。「投壜通信」について語り、「草、草、きれぎれの、……」と発語した、パウル・ツェランのこと、樹木や草が摘まれ、切られて異地へと運ばれて行くようにと、一時も絶やさずにそれを語るジョナス・メカスさん、アイルランド北端の「丘の傾斜の清い水の湧くところ＝アナホリッシュ」のその匂いと味をはこんで来さえしてくれた、シェイマス・ヒーニー氏のことを、脳裡に映しだしながらも、とうとう語り残してしまいました。タゴール、堀口大学、吉岡実の二回目を、ラジオのときのテキストから、ページの都合で落とさなければいけなかったのも心残りでした。

ポンペイの遺蹟の壁画にあったと記憶します、胸のポッケにも口にも花の枝をくわえた若者の姿、……。読者よ、どうぞ残りの花は、あなたのポッケに。いつの日にか、それを、あたらしいはじめての本に挿して下さい。

一　類例のないヴィジョン

——萩原朔太郎

萩原朔太郎の純度のたかい、〝たか（高）い、……〟というよりも純度が深いといった方が正確かも知れません、類《たぐい》稀な詩の境地と、そのヴィジョンへの通路をさがしていながら、心の描いていたらしい、用意していた筋道を裏切るかのように、……ひとりの（親しい、……）文学者の面影がたって来ていました。

不安を多少とも感じながらですが、過去の心の繁みの小路を、まずしばらく辿らせて下さい。

〝過去の心の繁み、……〟と、書いていて、ふと、わたくしの心にも又、無意識に、朔太郎の残した写真（立体写真）のなかの繁る道や野の川の水、その光の未来を、どうにかしてみなさんにお伝えしたいという心があらわれて来ていることにも気がつきます。

いま、綴りました〝どうにかして伝えたいもの〟も又、決して確実なものではなくて、朧気で〃裏返されたポケット〃の世界の光に、似ているものなのだと思われます。

という比喩の刹那の光の力と手ざわり、指がしたであろう、そのときに身体がしたであろう、仕草の思い出の方へと心をむけようとすることによって、〃過去の心の繁みの小路〃に、はじめて入って行くことが出来るようです。

裏返されたポケット

さて、萩原朔太郎です。明治十九年（一八八六年）十一月一日生れ。朔日（太陰暦の一《つい》日《たち》）ですから、朔太郎と名づけられたといいますが、この言葉〃朔（暗い半面を地球に向ける新月）〃のイメージが、幼い朔太郎の心の根に棲みつくこととなったのだと思います。第四回でふれますが、石川啄木と同年（二月二十日。岩手県南岩手郡日戸《ひのと》村。曹洞宗常光寺に住職石川一禎の子として生れ、一《はじめ》と名づけられる。）の生れです。生地は前橋という有名な都市の名でいうより、萩原朔太郎の心の幻影のスクリーンを通してみているような微妙ないい方ですと、〃利根川近き田舎の小都市〃（『青猫』序文の末尾）となります。

助走が、あるいは「詩」に接近するときの身震いの状態が、さらにつづきそうですので、そのながれをきって、朔太郎さんの詩の眼の光をまず読んでおきたいと思います。詩中の〃おまえ〃を、〃馬のこころ〃と〃孤独のたましひ〃との二つに、二重にとって読みたいとわたくしは思います。

田舎の白つぽい道ばたで、
つかれた馬のこころが、
ひからびた日向の草をみつめてゐる、
ななめに、しのしのとほそくもえる、
ふるへるさびしい草をみつめる。

田舎のさびしい日向に立つて、
おまへはなにを視てゐるのか、
ふるへる、わたしの孤独のたましひよ。

このほこりつぽい風景の顔に、
うすく涙がながれてゐる。

（「孤独」『萩原朔太郎全集』筑摩書房）

この〝おまへ〟は〝わたしの孤独のたましひ〟に違いないのですが、終りの二行のみえない絵のような、……〝風景の顔〟とこの〝涙〟に、〝つかれた馬のこころ〟も映っている、……そこにまで、この詩の心はとどいているのだといえそうです。〝この詩の心、……〟とふといまいいかけましたが、この詩にあらわれて来ている幻視の膜《まく》、（朔太郎は別の詩篇「蒼ざめた馬」で〝わたしの生涯《らいふ》の映画膜《すくりん》〟といういい方をしていた、……）は〝ほこりつぽい〟の匂いや質感にも通底していて、ここを、……思い切っていいますと、ここを注視する、ここに心をとどめて立ちどまること。そのとき、そこにこそ「詩」といわれるものの力が、立ちあらわれるのだとわたくしは思います。

こうして、優れた詩の時間を、掌の窪みに乗せて、ありえない水滴をころがすようにしている時を得ますと、（〝ほこりつぽい顔〟の〝馬の涙〟が、わたくしたちの心に、さそいだしていたのかも知れません、……）一風土の眼、〝利根川近き田舎の小都市〟が、そこ（一風土）をこえて、宇宙的な彩りに、彩りを変えはじめるような気がして来ます。〝ほこりつぽい顔の涙〟のヴィジョンといってもよいのでしょう。朔太郎さんの時代にはカラー写真は簡単にはとれなかった。それをゆっくりと考えていますと、残されていますこの写真（「馬」が土手の上の繁みの向うにいる）を、「孤独」とおなじような思いで朔太郎さんはとったのでしょうが、その刹那の視線は、別の宇宙に架けられた橋（への驚き）のようにみえて、豊かというか、この朔太郎の写真は奇蹟的です。「詩」も、〝過去の人々の心の繁みの小路〟も、わたくしたちの受けた心の傷によって、その光を変えるのだと思います。み

萩原朔太郎撮影「前橋郊外・馬のいる林」

なさんもそうではないでしょうか、わたくしも、読む書物がというよりも、読む眼の光が、二〇〇一年の九月の災厄《カタストロフィー》以来たしかに変りました。そのどうしようもなく変って行っている心の光を、それをどう読むかを、世界から問われている気がいたします。わたくしの手にした書物は、芥川竜之介の「歯車」や「蜃気楼」や「河童」でした。三島由紀夫さんも少々、……。「河童」については柳田《やなぎた》国男と奇蹟的な遭遇という視点から、「講座」の何回目かに、お話しできればと思いますが、……。

思い切って、橋を、心の橋を架ける作業をしてみます。芥川竜之介の心から萩原朔太郎の詩の心へ。あるいは朔太郎の詩から竜之介の眼に。

〝沼沢地方――*ula* と呼べる女に〟

〝河童――どうか *kappa* と発音して下さい。〟

〝猫町――散文詩風な小説《ロマン》〟

「沼沢地方」は、(ラジオを聞かれている方々には) 最後に朔太郎自身の声によって聞いていただきたいと思います。昭和十一年萩原五十一歳のときの定本『青猫』版にはこの

萩原朔太郎

〝浦〟に、〝*ula*〟という表記が。すぐ前の「猫の死骸」にもサブタイトルに〝*ula*〟という、いわば異語がここにしのびよります。〝しのびよる〟は、表現がいささか不穏当と思いつつ、しかし、当っているのかも知れません。「河童」は、昭和二年芥川自殺のときの遺作の一篇。『猫町』は昭和十年五十歳の朔太郎によって書かれた〝ただひとつの小説作品（那珂太郎氏）〟。この三篇そして芥川の「歯車」「蜃気楼」、朔太郎に宛てた奇妙な短文「産屋《うぶや》――萩原朔太郎君に献ず」（大正六年）、萩原の三篇の追悼文（「芥川龍之介の追憶」、「芥川龍之介の死」、「芥川君との交際について」）を精読しつつわたくしの抱いた、感動といってもよいほど心をうごかされた場面《シーン》、それは現実には見えない想像上のシーンでした。『月に吠える』上梓（大正六年）のころから、おそらく朔太郎の詩境に瞠目していたことでしょう竜之介は、或る日（大正十四年四月）の朝、朔太郎が発表した「郷土望景詩」を読んで感激のあまり、寝巻のまま朔太郎の当時の田端の家の二階に「跳び込」んで来ます。又、或る夜は訪ねて来るなり「君は僕を詩人でないと言つたさうだね。どういふわけか。その理由をきかうぢやないか？」と語調も剣幕も荒々しく朔太郎を詰問した（朔太郎は、その一瞬間〝理由なしに慄然とした。〟と、芥川の怒気をつたえていた。『萩原朔太郎全集』第九巻三〇〇頁）といいます。又、別の個所で朔太郎は〝「河童」が雑誌に載つた時、僕の推賞（'彼が詩に深い接触をもち、詩的の実精神に憧憬し、殆んどそれによつて文芸観の本質に突き入らんとするが如きは、恐らくかつて見なかつた所だらう。自分の臆断する所によれば、最近の芥川君はたしかに一転期に臨んでゐた。彼の過去における一切の思想と感情とに、ある根本的の動揺があり、新しき生活の革命に入らうとする、けなげにも悲壮な心境が感じられた。そして実際、この転向は多少その作品にも現はれてゐる。たとへばあの憂鬱でニヒリズムの影が濃い「河童」や、特に最近の悲痛な名作「歯車」やに於て。'——「芥川龍之介の死」）に対して、芥川君は「君に読んでもらひたかつたのだよ」と言つた。〟（「芥川君との交際について」）と語っています。「河童」の自殺したトックには、明らかに朔太郎の面影があり、朔太郎も竜之介の死後、そのことを彼の心の芯に深くきざみ込んだ筈です。寝巻のまま「跳び込んできた」芥川を朔太郎はつづけてこのように書いていました。〝「跳び込む」といふ語を使つたのは、真にそれが文字通りであつたからだ。実際その朝、彼は疾風のやうに訪ねてきて、いきなり二階の梯子を駆け登つた。いつも、あれほど礼儀正しく、応接の家人と丁寧な挨拶をする芥川君が、この日に限つて取次ぎの案内も待たず、いきなりづかづかと私の書斎に踏み込んできた〟（「芥川龍之介の死」）。先程申し上げました、わたくしの心に重なるようにあらわれたのは三つの場面《シーン》でした。芥川は、名作「トロッコ」でも「年末の一日」でもそうでした。トロッコや荷車の後押しをしようとして、坂道に佇む人影、……これが一つ。それからこれは現実の芥川の死の直前に撮影されたらしい驚くべき場面《シーン》、——竜之介は、いきなり庭木につかまって登りはじめていました。何故、彼は〝いきなり木に登りはじめた〟のか、……。この〝驚き〟を通してみえて来る芥川の心の傾き、……。最後はわたくしの想像のなかの場面《シーン》とそこで想像される彼の心の木肌、……、それは田端の朔太郎家に急いで歩いていたであろう芥川竜之介の姿でした。この幾つもの場面《シーン》を重ねてあらわれる歩行路《いいい》が河童の出現する作品に似ています。そして「河童」の終りでは、詩人トックの詩が声にだして読みはじめられています。

——椰子《やし》の花や竹の中に
仏陀《ぶつだ》はとうに眠つてゐる。

「河童」のこの終りかた、〝河童の言葉〟を、朔太郎はどんな思いをもって読んだことでしょう。どうした経緯からでしょう、……晩年になって、この詩（「沼沢地方」）の朗読を、他の二篇「乃木坂倶楽部」「火」とともにレコードにして残しています。わたくしたちの耳にとどけるようにでしょうか、この「声の記録」を後世に残した朔太郎の心が、いまは謎です。この *“ula”* を漢字の〝浦〟のようにではなく、芥川竜之介の〝どうか *kappa* と発音して下さい〟という言葉の幽かな聞こえない音楽に、耳を傾けるようにして、聞いてみて下さい。はじまりの〝蛙ども〟の聞こえない声、言葉が *“kappa”* の木霊のように、わたくしの耳には、聞こえて来ています。

蛙どものむらがつてゐる
さびしい沼沢地方をめぐりあるいた。
日は空に寒く
どこでもぬかるみがじめじめした道につづいた。
わたしは獣《けだもの》のやうに靴をひきずり
あるひは悲しげなる部落をたづねて
だらしもなく　懶惰《らんだ》のおそろしい夢におぼれた。

ああ　浦！
もうぼくたちの別れをつげよう
あひびきの日の木小屋のほとりで
おまへは恐れにちぢまり　猫の子のやうにふるへてゐた。

あの灰色の空の下で
いつでも時計のやうに鳴つてゐる
浦！
ふしぎなさびしい心臓よ。
浦！　ふたたび去りてまた逢ふ時もないのに。

（「沼沢地方」）

〝……地方〟という朔太郎独特の光源、ヴィジョンは、……たとえば〝夢、まぼろしの、……〟といってしまったら、たちまち消えてしまうような、そうした、光の地面なのです。この〝……地方〟は。〝わたしは獣《けだもの》のやうに靴をひきずり〟という、聞こえないようで聞こえて来る音に胸をうたれます。（〝ula〟の遠い木霊は、万葉集の大伴家持の「悠々《うらうら》に照れる春日にひばりあがり心かなしも独りし思へば」にも、『月に吠える』の〝主調底音〟のひとつ〝うらうら草の茎が……〟にもとどいていますが、いまはもう、朔太郎胸中に響く未来の音楽ととらえた方がよいのだと思います、……。）〝木小屋〟も、わたくしたちの眼のなかでまったく現実性を失って、獣の目でみている木立や木小屋に似て、……というより、途方もない遠い視線でみられているもののように感じられませんか？　それが〝灰色の空の下で〟にとどいている。「竹」「地面の底の病気の顔」から出発した朔太郎の絶唱といってもよい詩です。朔太郎の朗読は決して、上手でも、魅力的であるとはいえません。しかし、それは、彼が全身全霊で至りついた境地であって、〃すべての詩篇は「朗吟」であり、朗吟の情感で歌はれて居る〃（『氷島』自序）それをもう一度聞きとること、それがわたくしたちのなんと表現しましょうか、朔太郎さんでしたら〃悲しき慰安〃（『青猫』序）ということでしょう、……それが、わたくしたちの仕草、心をとめるということなのだと思います。

〃骨牌《かるた》の裏を返したやう〃な唯一の小説（これは、もう、竜之介の「河童」の続篇と断言してもよさそうです、……）『猫町』をポケットに、晩年の朔太郎が歩いていました下北沢を歩いてみる、考え考え、立ち止り立ち止り歩いてみることも（読むだけではなく、書いたり、ビデオをとったり、毛深い町の魅力をときほぐす歩行が出来るはず、……）そうすることをおすすめいたしますが、詩をポケットに、この講座の引き金となりました萩原朔太郎の小天地の発見のささやかなレポートをいたしまして、今回はお仕舞いにいたしたいと思います。あたらしいテレビ番組（NHK仙台局制作の『名作をポケットに』――月に吠える篇）のために前橋に参りました。三、四日間、熱心で真剣な若いスタッフとともに『萩原朔太郎写真集』と『詩集』をかかえて、彼の足跡を辿りました。そうして、朔太郎の眼に誘いだされるようにして、利根川の河原の石にしばらく腰を掛けていますうちに、朔太郎の心のひとつの地面の底のような淋しい〃なんだかがらんどうのような空洞のような天地〟がみえだして来て、吃驚していました。朔太郎の残した写真は、勿論、絵ときや説明のようにではなく、心のそう、もうひとつの〝地方〟のようにして、そっとポケットに入れて歩いてみられることをおすすめします。利根川は恐ろしい大河でした。こうした、ヴィジョンと心の地方の重なりが、こんな間然とするところのない傑作を生むことにもなったのです。

その菊は醋《す》え、
その菊はいたみしたたる、
あはれあれ霜つきはじめ、
わがぷらちなの手はしなへ、
するどく指をとがらして、
菊をつまむとねがふより、
その菊をばつむことなかれとて、
かがやく天の一方に、
菊は病《や》み、
饐《す》えたる菊はいたみたる。

（「すえたる菊」）

〝つまむ〟には、釈尊の拈華《ねんげ》が、〝天の一方に〟には蕪村（の「広庭のぼたんや天の一方に」）が、瞬息交感しているのがみえますが、この〝しなへ〟には、〝病む〟よりも、もっともっと深い言葉の仕草がたちあらわれていて、ここに言語の奇蹟を読みとることが出来るのだと思います。

二　宇宙的な心細さの人

――西脇順三郎

（覆《くつがへ》された宝石）のやうな朝
何人か戸口にて誰かとさゝやく
それは神の生誕の日。

（「天気」『定本西脇順三郎全集』筑摩書房）

詩とは、一語、一行、……あるいはこんな短かい西脇順三郎氏初期の一篇、これは一風土をはるかに越えた傑作と思われますが、こんな何処にもないような〝神韻縹渺《ひょうびょう》とした土地〟に、詩人の生涯も、挿されたはなのように、一瞬にして宿るもの、そのような、……言葉も自ら自らの姿に驚く、奇蹟的な仕草なのかも知れないのです。〝一風土を越えた、……〟と、これから語ってみたい〝イメージや音韻の越境とその革命〟を念願において、ふと語りはじめていましたが、この〝一風土をはるかに越えた、……〟が、大詩人西脇順三郎のキー・ワードなのかも知れません。もうひとつ。いまわたくしは色々沢山他のこと（古代ケルトの接木《つぎき》、宿木《やどりぎ》、芭蕉さんの傍を歩いていた曾良の句〝卯の花を挿頭《かざし》に関の、……〟等々の空気、イメージ）を思考の空気に織り込むようにして、〝挿されたはなのように、……〟と申しました。こうして〝翳《かざ》すこと、添《そ》えること、織《お》ること、摘《つま》むこと、……〟まだまだ、沢山使われなくなって淋しそうにしている小動詞たちが（自国語、外国語を問わず）沢山沢山あることでしょう、そんな仕草を種とする思考の、まあこれは〝細道〟かも知れませんが、それを大切にしたい、……それもまた「詩」の仕事のひとつであろうと考えていました。そんな言葉の妖精たちと〝連れ立って行く……〟、それが「ポケット」の含意することでもあるのだと思います。

この詩篇の冒頭、……というより中心に移しかえられる（移植される）ように据えられていますのは、十九世紀初頭英国の天才詩人*John Keats*（一七九五〜一八二一）の物語詩（*A poetic Romance*）『エンディミオン（*Endymion*）』の一句で、原詩の響きと「訳」というより移しかえられた「（覆《くつがへ》された宝石）」という言葉の示している、佇いをどうぞ比べてみて下さい。“*gem*”は宝石、ラテン語「砕いたもの」からということです。英語の発語の仕方に、西脇順三郎の呼吸〝長嘯する（長く嘯《うそぶ》く——口をつぼめて笛のように吹く）〟ことが、もう、幽かにしのびよっているのかも知れません。“*turn*”には辞書をみていますと〝寝返りを打つ〟〝ページを捲る〟というような、とても幽かな響きも遠くに聞こえています。「(覆《くつがへ》された宝石)のやうな朝」……

A morning like “an upturned gem”

どうでしょうか。アプターンと音韻を長く引きのばしています途中で、作者もわたくしたちも、次の行の〝何人(なんぴと)か戸口にて誰か(たれか、……と清音で読みますのでしょうか)とさゝやく〟という、遠くて近い耳元の幽かな谺を聞いているのでしょうか。キーツの原詩のこの部分に当ってみますと、歓びの粒子が跳ねるような、素速い、足取りで、英語をそれほど知らないわたくしにも、その途方もない空気の速さ(空気の速さは変ですから、変化の速さでしょうか)と歓喜と驚きが跳びはねている、その根源的な軽さの空気が判ります。そのキーツのもつ天才的な軽さが、〝覆《くつがへ》される、……〟という、どちらかというと重い、どっしりとした言葉の

西脇順三郎

下で、なにか天をささえるようにして働いている。そうです、いまふとあらわれて来ました〝天をささえるように〟という喩によって、キーツの空気と風土を西脇さんは掌に大切に〝ささえるようにして〟のせてはこんで来たのだという、そのみえない仕草がみえた気がいたしました。この詩に感じられる清朗、清潔な空気、その原因はここにあるのではないのでしょうか。

当時の詩壇のこのあたらしい詩に向けての驚きを、室生犀星の言葉をかりて紹介したいと思いますが、その前に西脇順三郎さんの略歴を。

越後の小千谷《おぢや》に明治二十七年（一八九四年）に生れ、十八歳の頃、画家を志したが果せず、慶応の経済（当時は理財科といっていました）を経て、ロンドン、オックスフォード大学等の四年余りの滞欧生活の後、帰国してすぐに三十三歳で慶応大学文学部の教授となり、当時の最新の芸術思潮であった未来派、ダダイズム、シュールレアリズム、イマジズム等を伝えて、清新の気を当時の若者たち（たとえば滝口修造、佐藤朔氏など）にあたえる。そうして新しい詩と芸術の中心的存在に、西脇順三郎氏はなって行くわけです。詩人としての出発が、英語で書かれていた、……という伝説的な事実よりも、全集（筑摩書房刊全十二巻）の詳細な年譜を追って行きましたら、朔太郎さんの出発（『月に吠える』刊行）の三十二歳という遅さも目をひきますが、この清新な香りと空気をもつ名篇が誕生したのが、そして詩集『*Ambarvalia*』が発刊されたのが、なんと西脇順三郎四十歳のときだったことにあらためて驚かされていました。遅さというのではありません。なんとも名状のしがたい〝長さ〟――あるいはそれがいまからささやかな新説を述べてみますが、あるいはこれが、西脇氏の心底にある〝心細さ〟ということにつながっているものなのかも知れません。西脇順三郎の呼吸には〝長嘯〟ということとともに、わたくしたちが忘れてしまっているこの奇妙な〝長さ〟が存在している、……それに気がついていました。さて室生犀星氏の評言です。〝西脇順三郎詩集をよんでゐると、かういふ美しい一行に邂逅した。「(覆された宝石)のやうな朝／何人か戸口にて誰かとさゝやく／それは神の生誕の日。」「覆された宝石」のやうな朝といふ感じは、実に美しい生新な朝である。これだけの一行が詩人の生涯をとほして見ても、ざらに見つけられる一行ではない。〟もう少し犀星氏の言葉を引こうかと思いましたが、忘れないうちに〝実に生新な朝〟という犀星の印象に添えるようにして、この朝の空気は故郷小千谷の空気と織り重なっているのだということを是非申し上げたい。ご覧下さい。雪の精霊と水霊と小千谷の空気とが溶け合うような西脇順三郎氏の絵の世界を（三七頁）。そう二重三重に、重ねられているのだという感想を（これは今回の最後で紀行文のようにして報告してみたいと思いますが）この詩的風土の重なりがあることも付け加えておきます。

タイフーンの吹いている朝

近所の店へ行つて
あの黄色い外国製の鉛筆を買つた
扇のように軽い鉛筆だ
あのやわらかい木
けずつた木屑を燃やすと
バラモンのにおいがする
門をとじて思うのだ
明朝はもう秋だ

（「秋」）

いい詩ですね。〃あのやわらかい木〃という個所は、これは、誰がささやいているのか判らない、まるでアイヌの親方《エカシ》の樹肌を削る指先がささやいているのか、いまは亡き木彫の大家がつぶやくようにかと聞いたのは、無論わたくしの記憶のなかに織り込まれた、幻聴か幻でしょうが、それを可能にする歩行や仕草のゆるやかさ、長さ。それにこの〃黄色〃も、……これは一晩夢のなかで考えていて浮かんできた、形態といいますか、かたちの温度（〃かたちの温度〃とは奇異ないい方ですが）が、勿論西脇氏の詩論や絵をみた記憶からも来ているのでしょうが、どこか図版でみたゴーギャンのキリスト像のような長細い

西脇順三郎「小千谷―信濃川―」1950 年代（小千谷市立図書館蔵）

肖像の図像を浮かびあがらせていました。黄色と鉛筆が夢のなかで離れて、別天地をつくっていたのかも知れません。描線のやわらかさのなかにあらわれてくる光の束、音韻のしみ（染）に心が捉えられます。灰色もオリーブも、〃カーテンのしみ〃も、この微粒ののかげこそが、西脇順三郎氏が〃掌に大切にささえるようにしてのせてはこんで来たもの〃で、〃（覆《くつがへ》された宝石）〃はおそらくその象徴でした。しかし、天性の資質もあったのでしょうが、どのようにして、西脇氏に〃歩行や仕草のゆるやかさ、長さ〃が、獲得され身についていったのかを考えてみたいと思います。『旅人かへらず』（昭和二十一年に集中的に書かれて翌昭和二十二年に刊行された）の〃淋しさ〃、

自然の世の淋しき
睡眠の淋しき

かたい庭

やぶがらし
………

りんだうの咲く家の

窓から首を出して
まゆをひそめた女房の
何事か思ひに沈む
欅《けやき》の葉の散つてくる小路の
奥に住める
ひとの淋しき
………
ばらといふ字はどうしても
覚えられない書くたびに
字引をひく哀れなる
夜明に悲しき首を出す
窓の淋しき

戦争期の失意と「もはや詩が書けない……うつつの断片のみ詩となる」このときを、詩人西脇順三郎の心が、心細い、ちびた、掠《かす》れた筆のようになりながら、そうですね、掠《かす》り傷のように、心の根の垣根のところに、この詩集を残した。その中絶、心細さの経験が、以後の（先程の「秋」は、次の時期に当ります）豊饒をもたらした、〝長さ〟は、その経験の尾を濃く引いている、とわたくしは思います。これから、今回の終りにかけて、〝淋しさ〟〝哀しさ〟を読みかえてみます試みを、してみたいと思っていますが、そうでした、忘れていました、頭出しをしてみました、先生の一語、……。『旅人かへらず』を引用するまえには、「羅馬」（詩集『禮記』昭和四十二年）から、少し真似るようにしてみますが、

オリーブ

の一語をと思っていましたが、原稿を綴りつつ一晩夢のなかに、色のしみとも音韻のかすれともつかない微粒のものの影が過ぎりましたせいでしょうか、あるいは〝宝石〟と〝朝〟が呼んでいるのでしょうか、六行あとの一語と〝しみ〟を〝頭出し〟というよりもポケットの底の微物のように、その手触りを〝切り出して〟みようと思います。

カーテンのしみとなる

いかがですか？　この講座「詩をポケットに」のアクセサリー（昔の勾玉の首飾りのような）にしてみたいと思っていますので、一語の断面といいますか、洒落て申しますと、詩の宝石のカットをもうひとつ。キーツの後輩のアイルランドの大詩人ですが、この一語

〝夕暮れ〟をわたくしは何百回聞いているか知れません。この一語のなかにも下方に降りて行く呼吸の階段があります。W・B・イェイツ（一八六五〜一九三九年）です。

and evening

一語の異語をきくその耳で、わたくしたちの奥に住みついた言葉にもこれから耳をかたむけてみたいと思います。たとえば、そう「柚《ゆ》の花やゆかしき母屋《もや》の乾隅《いぬゐすみ》」（蕪村）の〝ゆ〟にも。

是非おすすめしたいのは詩人の古里小千谷を訪ねてごらんになってみることです。信濃川が雪とともに彫刻したようなそれは見事な大渓谷の街です。先生が亡くなられて（一九八二年六月五日）からですが、たびたびわたくしも小千谷を訪ねるようになりました。市の図書館の三階に「偲ぶ会」のみなさんが心をこめてつくられた、珠玉のような記念室があります。冬の雪の空気と色のときがいいですね。〝冬の雪の空気と色のとき〟といいましてもう西脇順三郎氏の精霊的といってよいような軽やかで柔かな掠《かす》れるようなタッチと色のことを一緒にもういいだしていました。風通しがとてもよい。一緒にあること。昨年の六月に講演にうかがって「偲ぶ会」の方々とお話ししていると、この詩人がどんなふうに小千谷の方々に愛されていたのか、それに先生がどうこたえられていたかがよく判りました。「偲ぶ会」の方々とご一緒しましたお蕎麦屋さんで〝先生はソバに「八海山（越後の銘酒）」をぶっかけて、鞣《なめ》して召し上って、……〟といわれているときの含みわらい。これは何でしょうか。ユーモアというよりも、先生にも土人《つちのひと》の心が、……と聞き直すと当るのではないかと思います。この賑いの渦の中にいて、いただいた本のなかに西脇最晩年の随想がみえました。標題をみました刹那に、そうか、『旅人かへらず』の〝淋しさ〟〝哀しさ〟は、この言葉に置きかえて、さらに深く読むことが出来ると直覚していました。それは、

宇宙的な心細さ

という表現でした。いまは、この考えを軸に、西脇順三郎論をこれから書こうと思っておりますということを申し上げるにとどめます。さあ、茫々と涯しなき宇宙的な野原を歩いて行く、この稀有な詩人の今日の着地です。〝オギョウのナズナの夕ビラコの〟の〝の〟の働きも、西脇先生の呼吸の最大の働きの一つ。そのあとの〝にんげん〟の、微妙な濁り籠り具合は、これを白いウサギかなにかのように耳を長くして聞きとろうとしなければ、聞こえてこない性質のものなのかも知れません。（〝人間〟が西脇詩にもっとも頻出する語彙だそうです。越後の訛りの香りもします。）その次の〝舌の先をつきだす〟仕草がなんと

も素晴しい。覚えてられますか？　この〃舌の先〃〃頤《おとがい》〃は、あの〃心細い〃『旅人かへらず』では、「夜明に悲しき首を出す／窓の淋しき」と唄われたものです。このつきだされた舌の先は、小千谷人だか、ギリシャ人だか、誰のものなのだか、もう判りません。

太陽が
蜂の巣との関係を脱して
足のうらの光りと
ウグイの関係にはいるとき
人間はポプラの木で作つたパイプを
すつて昔をおもつてささやく

だが野原は無常にふるえるばかり
オギョウのナズナのタビラコの
灰色の夢をふんで静かに
人間はちらつく雪をなめようとして
舌の先をつき出している

（「ななくさ」）

何色なのでしょうか、この舌を、風土からもつき出されて外に出ているものとしてしっかりと覚えておこうではありませんか。

三　言葉のない世界

——田村隆一

　田村隆一氏は「断言」をする人でした。しかし、とても厄介なことに、その「断言」（それを「作品」にそうようにして、いまから何篇か、読んでいきますが、……）それが、書物のなかの白いページに〝垂直に立ちあがるように〟（この「垂直」そして「崖」も、詩人田村隆一氏のキー・ワードですが）響いているだけではなく、絶えず何処かへと開こうとして（あるいは絶えず何処かへ動こうとしている）、その「断言」の佇いの不思議な揺れが、いつも、わたくしたちの耳にとどいていたのだと思います。

　その〝断言の佇いの不思議な揺れ〟に耳を澄ますようにして、田村作品のなかにみえてくる道を、みなさんとともに歩くというこころみを、これからしてみたいと思いますが、余程注意して耳を澄ましてみなければならない、途方もない、これは難路です。それを、考えていますと、田村隆一という人は、耳のよい人だったということがふと、判る気がいたします。それは目のよい人といってもよい、感覚のある質をさしているのでしょうが、……。田村隆一氏の「断言」の特徴を、これから幾度か、それをいいとめようとする試みを、そして、その試み自体が、もうひとつの小さな道（これが〝言葉の道〟なのでしょうか、……）となるであろうときを求めて行きますが、まずはじめに、それ（「断言」）が、〝云ってよいこと〟と〝云ってはいけないこと〟の間に立ちどまって、故にしばしば、そこを震源とするかのように〝恐怖〟が〝裂け〟が〝裂け目〟が、田村氏の詩の土地に走る、いや走りつづけることになるということです。

　この〝裂け〟ということから、「幻を見る人」の〝二時／梨の木が裂けた／蟻が仲間の屍骸をひきずっていった〟の〝梨の木が裂けた〟、この印象鮮明な〝裂け〟……そうです、たわわな果物の裂けたときの匂いも香りも、この〝裂け〟の背後には、じつに豊かに地つづきとなってつづいていて、それが〝二時〟というこの世の約束、によって〝裂ける〟のです。そして、この二時には、田村隆一氏は若い頃（昭和十八年、二十歳《はたち》）海軍予備学生でしたから、その時間感覚もきっと瞬息、添うようにして突走っています。一九八二年に『5分前』という詩集が出されますが、この〝5分前〟は、明らかに海軍のときに覚えた時間感覚です。それが、なんでしょう、時間の静物のように置かれて坐っているといえば当るのでしょうか。この〝梨の木〟の変奏もここで読もうと思いました、そしてここ（「梨の木」）から考えはじめようと思いましたが、それよりもっと早い初期の代表作を読むことにいたします。まず、この詩人のもっとも激しい、精神内部の木霊のような、……と形容してもよいのでしょう「処女詩集『四千の日と夜』」から。

一篇の詩が生れるためには、
われわれは殺さなければならない
多くのものを殺さなければならない
多くの愛するものを射殺し、暗殺し、毒殺するのだ

見よ、
四千の日と夜の空から
一羽の小鳥のふるえる舌がほしいばかりに、
四千の夜の沈黙と四千の日の逆光線を
われわれは射殺した

聴け、
雨のふるあらゆる都市、鎔鉱炉、
真夏の波止場と炭坑から

たったひとりの飢えた子供の涙がいるばかりに、
四千の日の愛と四千の夜の憐みを
われわれは暗殺した

記憶せよ、
われわれの眼に見えざるものを見、
われわれの耳に聴えざるものを聴く
一匹の野良犬の恐怖がほしいばかりに、
四千の夜の想像力と四千の日のつめたい記憶を
われわれは毒殺した

一篇の詩を生むためには、
われわれはいとしいものを殺さなければならない
これは死者を甦らせるただひとつの道であり、
われわれはその道を行かなければならない

（「四千の日と夜」『田村隆一全詩集』思潮社）

途中で切れませんでした。詩も又、とくにこの詩篇のように、人々の記憶につよく刻まれているであろう詩は、完熟した果物をそっと慎重に運ぶように、……そうした〝仕草を持たなければならないのだ、……〟という声が、何処か遠くから聞えるようです（その声の出所《でどころ》も捜してみたい、辿ってみたいものですが、……）。もっと短かく、摘むようにといいますか、引用を途中で途切るつもりでしたが、それが出来ずにとうとう全行引用となりました。読み方の工夫も申しておきますと、語の隅が際立つように、音楽用語でいいますとスタッカートで、それは、作者が自作を読みますときの、……その作者の読みの速度よりも、それを念頭に置きながらも、いささか速度を落して読んでいました。

田村隆一

さてこの詩篇、戦争直後の、いまとはまったくちがうでしょう、解放感もあったでしょうが、くらく鬱屈していたでしょう状態の心に、わたくしたちの心をも戻すようにして聞こうとしませんと〝聞こえてこない声〟がある筈です。過剰なほどの断言と対位法に支えられた〝雄々しさを越えて一種存在そのものの残酷さ、凶暴さへ向って深まる〟（埴谷雄高氏による、次の詩集『言葉のない世界』への書評の言葉――昭和三十八年五月十三日「日本読書新聞」）この詩篇に木霊している、種々の声の深い散乱は、ほとんど耳を聾せんばかりです。いまやや文法を乱して〝種々の声の深い散乱は、……〟と思い切っていってみました。その刹那に、その〝種々の声の深い散乱、……〟を繋ぎ止めるには、このように、明らかに異常なほどの断言と詩の骨格をうちたてることが、どうしても必要であったことが不意に納得されるのです。かつて詩人は、「詩は本質的に定型なのだ」と吐息を漏らすように呟やいたことがありました。それが瞬間頭を過ります。その意味するところは、俳句や短歌のようにはっきりと判る「定型」ではなく、以後この詩人の詩句や喩に、小さな焼跡のように、あるいは傷のようにあらわれることになります、いわば〝家のない窓〟、〝小さな家〟、そこを目差しての〝途方もない労働〟なのだ、……いま考えつつ思うことですが、戦争直後の詩作（たとえばこの「四千の日と夜」）を通してしっかりと把握された、詩の中核、そこで生じた詩人のむしろ詩に強いられたといっても過言ではない、この〝覚悟〟が、詩人の思想となって成長して行ったのだと思われます。ですからこの呟きは、その覚悟が幽かに聞こえて来ているその刹那なのだと思います。もう一度〝詩は本質的に定型なのだ〟という幽かな声を、聞いてみましょうか。短かい詩を耳の窓のようにして、……。この〝呟き〟を重奏させてみたいと思います。「詩神」と題され、月刊「文藝春秋」の随筆欄に、一九七〇年秋だった筈ですが、小さな窓のように組まれて発表された、静かに詩の底から本音が聞こえて来るような、

（どこか親しみやすい、……）ふと生れた名篇です。

茂吉の *poesie* の神さまは
浅草の観音さまと鰻《うなぎ》の蒲焼
かれには定型という城壁があったから
雷門《かみなりもん》へ行きさえすればよかった

ぼくの神経質な神は
いつも不機嫌だ　火災保険もかけてない

小さな家と
大きな沈黙

（「詩神」）

これはわたくしの耳の指が、ヴォリュームをあげて聞いているようですが、第三連の〝ぼくの神経質な神は／いつも不機嫌だ　火災保険もかけてない〟という声には、「四千の日と夜」の背後にいるらしい死者たちの声と、そして文明が途絶したときに、向う側に置き去りにされた心の声が重って聞こえて来ます。そんなふうにわたくしは聞きます。それを確実にしていますのは、たとえば第一連の空気、響き、賑い、足取り、匂い、……。

ここまできてやっと田村隆一氏の履歴に触れることが出来ます、……。大正十二年（一九二三年）東京府北豊島郡巣鴨村（いまの大塚あたりだそうですが、……）に割烹料理「鈴む良」（鳥料理屋さんだったとのことです）の長男として生れた。ここがこの人の気質を染めるのに色濃く影響したのだと思います、……。お祖父子《じいちゃんこ》だったのだそうです。この出身と生涯を結びつけた出色の論が、種村季弘氏（追悼特集のインタビュー）にありますので、一読をおすすめいたします。江戸、漢詩的な規範やそれを壊す、講釈師や落語家にその論は及びます。ことに名人落語家古今亭志ん生の解析等は水際だった目ざましいものです。そうした人にも田村少年はなりたかったようです。田村隆一氏は話術の達人としても世に知られていましたし、優れた翻訳者（アガサ・クリスティー等ミステリーの）でもありました。この人の血脈に生きている、古く細い線のような詩的な火花や閃光を追尾して行く研究も、きっと後世なされることでしょう、……。少しずつ経歴を辿りながら、奇妙なことに気がつきます。あるいは、引用詩の〝不機嫌〟や〝浅草から遠ざかって行こうとする足取り〟によって、察知したのかも知れません。田村隆一さんは（東京の、……）中心から遠ざかって行こうとしている。そんなみえない旅人ではなかったか、……と、ふと、ちいさなちいさな旅人の姿が浮んで来ていました。論証というよりも、詩を通して、詩作時の過程を通して、またこの喩をもちいますが〝家のない窓〟への道を、わたくしたちもまた辿ろうとしているのかも知れません。

亡くなられたのが平成十年鎌倉でした。若狭、武蔵野、保谷《ほうや》、稲村ヶ崎、インド、アイオワ、……そしてこんな自伝の言葉の足取り〝ぼくの生れたころの大塚は、東京のほんの郊外にすぎなかった。東京府下北豊島郡のなかの、ちいさな田舎町だったのだ。市電と環状線は通っていたものの、おしつぶされたような商店街が市電の通りにひとかたまりあるだけで、わびしい住宅地だったのにちがいない。大正九年九月、原ッパや雑木林、そして荷風の『日和下駄』に出てくる音無川が小石川の方にながれている、カワウソでも出そうなさびしい一角に、「鈴む良」という料理屋が一軒、ぽつんと開店したのである。……重太郎はその年五十三才。……〟（「若い荒地」『詩と批評D』思潮社）田村さんの気息と才をつたえてくる惻惻とした名文ですが、文中の〝原ッパや雑木林〟そして独特の含みをもって語られているらしい〝郊外〟が、何故か胸をうちます。

古里の文化の方へと戻って行く旅人には決してない足取りだとわたくしは思います。ですから、先程の詩の第一連〝茂吉の *poesie* の神さまは／浅草の観音さまと鰻《うなぎ》の蒲焼〟に、いい知れない、しかし断乎たる拒否、もしかしたら〝恐怖〟と境を接する〝声〟が漏れているのだとわたくしは読みたい。とすると、行きどころもなければ、帰るところもない旅人です。次に、田村さんの絶唱の一つでしょう詩篇に耳を傾けたいと思いますが、標題のこの不思議な音の「保谷《ほうや》」が、田村さんの心にも火をつけて、オーラを放っているようにも聞こえます。行くあてのない、孤絶の旅人の心のオーラが、こうして古里の〝原ッパ〟にも「荒地」にもとどいているといいますと、もう、そこから先はもう、語り手の道になるのでしょうが。どうぞ、〝労働〟と〝ちいさな、……〟に注目して下さい。

保谷はいま
秋のなかにある　ぼくはいま
悲惨のなかにある
この心の悲惨には
ふかいわけがある　根づよいいわれがある

灼熱の夏がやっとおわって
秋風が武蔵野の果てから果てへ吹きぬけてゆく
黒い武蔵野　沈黙の武蔵野の一点に
ぼくのちいさな家がある
そのちいさな家のなかに

ぼくのちいさな部屋がある
ちいさな部屋にちいさな灯をともして
ぼくは悲惨をめざして労働するのだ
根深い心の悲惨が大地に根をおろし
淋しい裏庭の
あのケヤキの巨木に育つまで

（「保谷」）

いかがでしたか、最後の一行は、こうでもいわないと詩は終らない、少し「はてな」と思わせる一行ですけど、不思議な地〝保谷〟への挨拶として、頭を下げるようにして、読んでみますと、そう、いま又、〝喩〟によって判った気がしていました、〝頭を下げる仕草、……〟で終っています。〝黒い武蔵野〟に、わけもなく、わたくしは震憾させられたことがありました。詩人の眼の奥の〝一点〟を垣間みた、刹那で、それはあったのかも知れません。そしてそれは詩人が外に帰るところがなく、ここに戻って来る〝一滴の涙のなか〟かも知れません。この詩以降四十年近くの絶えることのなかった詩業に丹念に付き合い、〝田村さんこの詩の彼方の声の出所はどこだったのですか、……〟と、対話し訊ねるようにして読みときつづけて行こうとすることも、不可能なことではありません。果しれ

吉増剛造撮影「黒い武蔵野」1998年

ぬ終りのなさ、……。初めのプランでは、田村さんが影響を受けた、イギリスの詩人W・H・オーデンの詩論の一部分〃名誉を重んじる人間が、必要とあらば、そのために死ぬ心構えをしていなければならない半ダースあまりのもののうちで、遊ぶ権利、とるに足りないことをする権利は、決して小さな権利ではない〃ここを紹介して田村さんの七十五年の生涯を貫く〃質素〃ということにわたくしなりに触れ、亡くなられたその日に〃死よおごる勿れ〃(ジョン・ダンの詩句)と書かせて逝った稀有な詩人の面影を描くようにして終るつもりでした。

しかし、少し、恐ろしい気持もいたします。詩の熔鉱炉に入ってそこから出られなくなったような、ある〃恐怖〃を覚えるというのが正直なところです。ですから、ここまで考えて来まして、次の、そうですね、これがやはり田村隆一の代表作です。ここに帰って行って、着地をいたしましょう。

言葉なんかおぼえるんじやなかつた
言葉のない世界
意味が意味にならない世界に生きてたら
どんなによかつたか

あなたが美しい言葉に復讐されても
そいつは　ぼくとは無関係だ
きみが静かな意味に血を流したところで
そいつも無関係だ

あなたのやさしい眼のなかにある涙
きみの沈黙の舌からおちてくる痛苦
ぼくたちの世界にもし言葉がなかつたら
ぼくはただそれを眺めて立ち去るだろう

あなたの涙に　果実の核ほどの意味があるか
きみの一滴の血に　この世界の夕暮れの
ふるえるような夕焼けのひびきがあるか

言葉なんかおぼえるんじやなかつた
日本語とほんのすこしの外国語をおぼえたおかげで
ぼくはあなたの涙のなかに立ちどまる

ぼくはきみの血のなかにたつたひとりで帰つてくる

（「帰途」）

どうか、みなさんの詩のポケットに、この〝ほんのすこし〟と〝たつたひとり〟を、入れて下さい。詩のなかに〝果実の核ほどの〟という言葉がありました。今日は、田村隆一氏の詩にふれながら思いがけず〝果実の核〟を、大切にはこんで歩いて行くということを学んだのかも知れません。そして、その姿をみさだめるのがとてもむつかしい、一人の大切な、われわれの時代の証言者、それが田村隆一という詩人であるのかも知れません。

四　無言の仕草へ

――石川啄木Ⅰ

いまから、類例のない苛烈な裸形の、……赤裸という言葉が生命を喪っているように感じられるからでしょうか、それで〝裸形の、……〟という形容をしつつ、そこから、この苛烈かつ裸形の、……石川啄木という人の生涯と残された言葉に入って行こうとして、何処に、その〝裸形、……〟への、いまも生きて感じられる戸口があるかと、有名な歌集『一握の砂』を、五感の道を澄ますように精読していて、ふと、啄木の仕草が働き、心と身体のオーラが浮き立つ場面に出逢っていました。

函館の大森海岸。ここが啄木のトポス（心の故郷、発見された場所）で、そのことは詳しく後述いたします。函館と大森海岸の個所を三首ひきますが、これまで、朔太郎さん、西脇さん、田村隆一さんに添うようにして、それぞれの詩の宇宙の底への道を辿ろうとしましたが、それとはまったく異なった、〝無言の仕草〟が働いている場面にここで出逢います。啄木の残した歌は、静けさの、そう、ある種の動物的といってよい仕草によって埋められていて、〝もっとも声にならない、極限的に細い声〟で、〝入れられてゐる箱の最も板の薄い処〟(「時代閉塞の現状」明治四十三年八月、『啄木全集』筑摩書房)で詠まれるべき歌なのです。

函館《はこだて》の青柳町《あをやぎちやう》こそかなしけれ
友の恋歌
矢《や》ぐるまの花

あたらしき洋書の紙の
香をかぎて
一途《いちづ》に金を欲《ほ》しと思ひしが

しらなみの寄せて騒げる
函館の大森浜に
思ひしことども

二首目の〝あたらしき洋書の紙の〟香り、啄木のしめします、このふとした挙動が『一握の砂』には遍満していて、これこそが人の心に沁みわたって行った、ある刹那の絶対的自由のあらわれであったのです。こうして、〝聞こえない声が聞こえる〟刹那の場面（の不思議なひろがり）として聞けば、どこでもいい、たとえばこんな個所も、啄木の五感の裸形の冴えのひろがりがよくみえて来ます。

やまひある獣《けもの》のごとき
わがこころ
ふるさとのこと聞けばおとなし

ふるさとの訛《なまり》なつかし
停車場《ば》の人ごみの中《なか》に
そを聴《き》きにゆく

〝あたらしき洋書の香り〟を〝感覚のみちびきの糸〟にして、おそらく啄木だけが辿り得た、まったくの閉塞――行きどころのないところから入って行った細い道を辿らせて下さい。それが「ローマ字日記」です。

石川啄木

そこに入って行く前に、よく知られていますが、啄木の二十六年一カ月の人生を跡付けてみます。明治十九年、一八八六年二月二十日、岩手県日戸《ひのと》村に曹洞宗常光寺の住職石川一禎の子として生れる。名は一《はじめ》。この父の僧職の苦難が一家に流浪の運命をもたらします。函館行もこれが原因。渋民尋常小学校（首席卒業、「神童」とさわがれる。この「神童」には、前代から長くつづく人々の信仰がうかがえるが、そのことは別の機会に）から盛岡中学へ。生涯の友、後のアイヌ語学者金田一京助と出逢い、金田一を通して、与謝野鉄幹、晶子に心酔、歌を作りはじめます。文学をもって身を立てようと十七歳で上京。三年後処女詩集『あこがれ』を出版、天才詩人と評判を一部で得るも、生計は立たず、帰郷。堀合節子と結婚し、母校渋民尋常小学校の代用教員となる。このころから、先程申しました啄木一家流浪の原因となります、父一禎の僧職問題が再燃します。次の年に結局一家は父が身を寄せた青森の野辺地へと向います。この頃から小説を書きはじめています。明治四十年啄木二十二歳の函館、ことに大森海岸が啄木の創作のもっとも恵まれた、風土との出逢いの場面でした。「小樽日報」「釧路新聞」を経て、しかし〝自分の文学的運命を極度まで試験する〟といい、東京に舞い戻ります。〝極度まで〟が、いかにも啄木らしい、熱度そして純度をあらわしているのだとわたくしは思います。東京毎日新聞に小説「鳥影《ちょうえい》」を。つてをたよって、東京朝日新聞の校正係として採用されます。この頃に、いわゆる「ローマ字日記」が書きはじめられています。通例、明治四十二年四月七日からが、「啄木のローマ字日記」とされていて、〝日本近代文学の傑作〟(桑原武夫氏)、〝今までにない驚くべき正直さ、自己検証、……〟(ドナルド・キーン氏)という評価もあるのですが、そして、わたくしはわたくしで、何故この未聞のテキスト「ローマ字日記」が書かれるようになったのか、その火種を幾つかをいまからさがしてみますが、あるいは『一握の砂』のこの歌が、ふっと、その謎を語っているのかも知れません。

　人間のつかはぬ言葉
　ひよつとして
　われのみ知れるごとく思ふ日

決して、これは啄木の傲倨、傲慢ではなくて、本当に、そんな言葉の下底へと、啄木は歩いて行ったということを示しているのだと思います。しかし、よく、耳を澄まして聞くと、この〝ひよつとして〟から、啄木が漏らした小声が聞こえる気がします。三行分ち書き、平易な日常語を用いたこの歌が、啄木の〝真面目に歌など作る気になれないから、……へなぶってやった〟――「へなぶり――もともとは夷振《ひなぶり》――田舎ぶること」という言（この言葉は「ローマ字日記」中にもあります、……）にとらわれると、不真面目、悪ふざけが、前面に出て来すぎてしまう。そんな水準よりも、この〝夷振〟の、さらに奥から聞こえて来るものは、……もっともっと奥が深い。

啄木の日記、啄木の「ローマ字日記」に、もし興味を持たれたら、函館の市立図書館啄木文庫所蔵と思います、啄木の直筆原稿をどうぞ眼に入れてみて下さい。Gペン、インクで丁寧に刻みこむように筆記された、息をのむほど美しい原稿です。啄木の海へのあこがれも非常なもので、アメリカの詩集『*Surf and Wave*』（海の詩のアンソロジー）を克明に筆写していました。これが「ローマ字日記」への第一の伏線です。次に、「日記」中にも書かれていますが、この日記を妻に読ませたくなかったということ。すぐ次の行で〝これはウソだ！〟と啄木は書いてはいますが、小説の修行のためでもあり、半ばこれも本当でしょう。これが第二。次に、春四月であったこと。日記を詳細に読みすすめて来ますと、北国人啄木の心持が判る気がします。三月三十日に小説〝「鳥影」の原稿を返された！／面当に死んでくれようか！〟という激しい記述。そして四月一日、〝到頭四月が来た。……あゝ、予は束縛をのがれたい、戦ひたい、皆を殺してやりたい〟と啄木特有の嵐

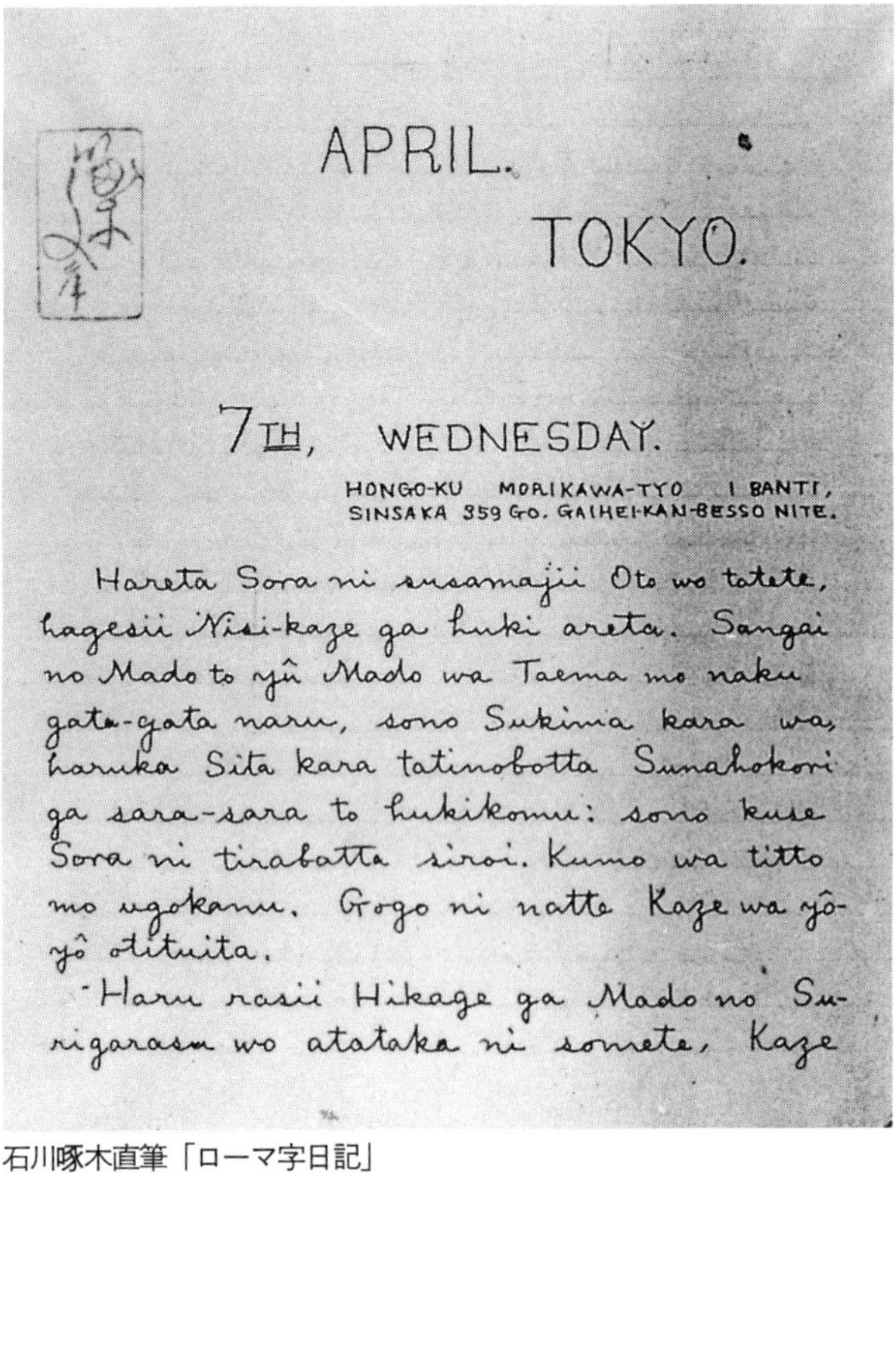
APRIL.

TOKYO.

7TH, WEDNESDAY.

HONGO-KU MORIKAWA-TYO 1 BANTI,
SINSAKA 359 GO. GAIHEI-KAN-BESSO NITE.

Hareta Sora ni susamajii Oto wo tatete, hagesii Nisi-kaze ga huki areta. Sangai no Mado to yû Mado wa Taema mo naku gata-gata naru, sono Sukima kara wa, haruka Sita kara tatinobotta Sunahokori ga sara-sara to hukikomu: sono kuse Sora ni tirabatta siroi. Kumo wa titto mo ugokanu. Gogo ni natte Kaze wa yô-yô otituita.

-Haru rasii Hikage ga Mado no Surigarasu wo atataka ni somete, Kaze

石川啄木直筆「ローマ字日記」

のような、激変する感情の吐露が来て、ここから、浜に潮が押し寄せて来るように、日記のページに「ローマ字」が多くなって来ます。春、四月が、ですから第三の火種。そして四月三日、こうして「ローマ字日記」は始まっていたのです。どうして読んだらよいのか途惑いますが、心をしずめるように慎重に読んで行きます。

四月三日
Kitahara-kun no Oba-san ga kita. Sosite kare no Sin-Sishū "Jashūmon" wo 1 satu moratta.
Densha-tin ga nainode sha wo yasumu. Yoru 2ji made "Jashūmon" wo yonda. Utukusii, sosite Tokushoku no aru Hon da. Kitahara wa Kōfukuna Hito da! Boku mo nandaka si wo kakitai-yō na kokoromoti ni natte neta.

北原君のおばさんが来た。そして彼の新詩集〝邪宗門〟を一冊もらった。

電車賃がないので社を休む。夜二時迄〝邪宗門〟を読んだ。美しい、そして特色のある本だ。北原は幸福な人だ。

僕も何だか詩を書きたいような気持になって寝た。

本郷森川町の木造三階建の蓋平館三階の三畳半の小部屋で、夜中に、うつむいて忍び泣いている石川啄木の気息が伝って来るようです。北原白秋の『邪宗門』を受けとった、啄木の心の乱れが、「ローマ字日記」の扉を開いたであろうことは、ほぼ間違いありません。〝心の乱れ〟と書きましたが、〝心の傷〟でもよい。これを、どんな言葉が、どんな言葉で書いたらよいのか。日記中の〝Utukusii, sosite Tokushoku no aru Hon da〟この言葉は、あの傲倨、自信家の啄木がはっした言葉とは、とうてい思われない。こうして、〝ひよっとして、人間のつかはぬ言葉〟の、坑道がその坑口を開いた。どうでしょう。〝Utukushii, sosite Tokushoku no aru〟という未聞の言葉の音楽を聞いていて、ふと、『一握の砂』の歌のトーンを思い出しませんか？ そして、この〝Utukushii, sosite Tokushoku no aru Hon〟こそ、あの〝あたらしき洋書の紙の香をかぎて〟啄木の夢の核心に直結している。ここから〝怒《ど》濤《とう》洶《きょう》湧《ゆう》する北上川の大洪水〟（啄木「甲辰詩程」より）のように、記述のタブーを破った、あたらしい言語と詩が湧出して来ていた。啄木はそっと呟やいたことでしょう、誰も読んでいない、……と。こうした言語のあたらしい鉱脈の発見なしには、

Massiro na, yawaraka na, sosite
Karada ga hu-u-wari to doko made mo——
Ansin no Tani no Soko mademo sidunde yuku yō na Huton no ue ni, iya,

Yōrō-in no Huru-datami no ue de mo ii,
Nanni mo kangaezu ni, (sono mama sinde mo Osiku wa nai !) yukkuri to nete mitai !

真白な、柔らかな、そして
身体がふうわりとどこまでも——
安心の谷の底までも沈んでゆくような布団の上に、いや、
養老院の古畳の上でもいい、
なんにも考えずに、（そのまま死んでも惜しくはない！）ゆっくりと寝てみたい！

こんな最下底にとどいて柔かくバウンドする身体に至り着くことは不可能なことです。これはいままでかつて誰もとらええなかったものです。どうぞ、なぞって、筆写するように、ごく一部でいいです、この〝みえない言語〟の声に耳を澄ましてみて下さい。わたくし自身ある程度予測していました〝啄木の辿った苛烈な坑道、……〟へ、思い掛けず、さらに掘り下りて行く気がします。この坑道を（まるで海峡の下をくぐっている隧道《トンネル》の、途中駅で降りるようですが、……）もっと下りて行きたいと思います、次回につながせて下さい。

五　何人といえども読み得る人はあるまい

——石川啄木II

石川啄木がたった独りでとぼとぼと（きっと誰も経験したことのない種類の時間、書く時だったと想像します、……）辿ったであろう、暗い言葉の坑道を、さらにご一緒して下りて行こうと思います。こうして歩んで行きつつ、ひとつ、今回の「詩をポケットに」でいたしました発見を語らせて下さい。この「ローマ字日記」の四月十三日に母からの手紙（啄木のいう〝老いたる母からの悲しき手紙〟）。啄木の「へなぶり」を不真面目、悪ふざけ、それだけではないと留保をつけましたが、啄木「ローマ字日記」中の、この手紙に「夷振《ひなぶり》」の源泉をみるのは、わたくしだけでしょうか？

…… haya Shi-gwatsu ni nari mashita. Ima made oyobanai Mori ya Makanai itashi ori, Hi ni mashi Kyō-ko ogari, Watakushi no Chikara de kaderu koto oyobi kanemasu. Sochira e yobu koto wa deki masenka ? Zehi on-shirase kunasare taku negaimasu. Kono aida, 6 ka 7 ka no Kaze Ame tuyoku, Uchi ni Ame mori, oru tokoro naku, Kanashimi ni, Kyō-ko oboi tachikurashi, ……

Ishikawa sama.

……はやしがつになりました。いままでおよばないもりやまかないいたしおり、ひにましきょうこおがり、わたくしのちからでかでることおよびかねます。そちらへよぶことはできませぬか？　ぜひおんしらせくなされたくねがいます。このあいだ六か七かのかぜあめつよく、うちにあめもり、おるところなく、かなしみに、きょうこおぼいたちくらし、……

いしかわさま。

啄木自身のいう〝平仮名の、仮名違いだらけな母の手紙！　予でなければ何人《なんぴと》といえどもこの手紙を読み得る人はあるまい！〟を引き写していて、

Kyō-ko oboi tachikurashi

が判らない。はっとして〝京子負《おぼ》い立ち暮し〟と、母の像が顕《た》つのと、有名な、

たはむれに母を背負ひて
そのあまり軽《かろ》きに泣きて
三歩あゆまず

の歌の像が顕って、そうか〝背負ひて〟は〝負《おぼ》いて〟だったかと〝夷振《ひなぶり》〟の深い時空が、一瞬光に照らされていたのです。

啄木のことにこの『一握の砂』は、さらに読みを深めるべき一代の名歌集だったのです。

さて、函館。父一禎の野辺地出奔を追うように、啄木一家は青森へ、津軽海峡を午前三時頃に出港して函館に向います。このあたりの啄木の日記（「明治四十丁未歳日誌」）は、失意、絶望と津軽の海と啄木の心との出逢いが、千々に交叉する個所。ぜひここを一目読んで『一握の砂』の巻頭の歌群を再読されることをおすすめいたします。啄木の火のような気息がよくあらわれて、驚くような日記の一個所と、渋民村出奔、そして函館へ、大森海岸へ。この三つの個所をごらん下さい。

十六日。

十時起床。心地よし。

昨夜の夢に。北上川大洪水にて太洋となり。怒濤洶湧する荒磯の上なる古代林中の一家、死の床のうちしかれたる室のをぐらき窓より大海を望む。希なり。奇なり。又惨たり。快たり。


（明治三十七年一月）

この終りの、「希なり。奇なり。又惨たり。快たり」、英語でいうと、*miracle, wonder, miserable, sweet* でしょうか、この〝火のような空気の瞬息の変化〟が啄木です。


……父は野辺地にあり。小妹は予と共に北海に入り、小樽の姉が許に身を寄せむとす。

一家離散とはこれなるべし。昔は、これ唯小説のうちにのみあるべき事と思ひしものを……。

午后一時、予は桐下駄の音軽らかに、遂に家を出でつ。あゝ遂に家を出でつ。これ予が正に一ケ年二ケ月の間起臥したる家なり。予遂にこの家を出でつ。下駄の音は軽くとも、予が心また軽かるべきや。或はこれこの美しき故郷と永久の別れにはあらじかとの念は、犇々と予が心を捲いて、静けく長閑けき駅の春、日は暖かけれど、予は骨の底のいと寒きを覚えたり。
啄木、渋民村大字渋民十三地割二十四番地（十番戸）に留まること一ヶ年二ケ月なりき、と後の史家は書くならむ。……

（明治四十年五月四日）

ここの終り方が、とき折、読む者の顔をしかめさせるのでしょう。

九月五日
……
人間は皆活けるなり。彼等皆恋す。その恋或は成り或は破る。破れたる恋も成りたる恋も等しく恋なり、人間の恋なり。恋に破れたる者は軈て第二の恋を得るなり。外目に恋を得たる人も時に恋を失へる人たる事あり。
予は此日より夕方必ず海にゆく事とせり。

九月六日
かはたれ時、砂浜に立ちて波を見る。磯に砕くるは波にあらず、仄白き声なり。仄白くして力ある、寂しくして偉いなる、海の声は絶間もなく打寄せて我が足下に砕け又砕けたり。我は我を忘れぬ。

（明治四十年九月）

ここが、じつにめずらしい啄木の姿なのです。五月に函館に入り、「函館日日新聞社」に職を得て、啄木はこの新天地と出逢います。啄木にはよほど新鮮だったのでしょう〝此夏予は生れて初めて水泳を習ひたり、大森浜の海水浴は誠に愉快なりき〟〝予は此日より夕方必ず海にゆく事とせり〟〝かはたれ時、砂浜に立ちて波を見る。磯に砕くるは波にあらず、仄白き声なり。仄白くして力ある、寂しくして偉いなる、海の声は絶間もなく打寄せて我が足下に砕け又砕けたり。我は我を忘れぬ〟。この啄木は、本当に稀らしい若き若き啄木です。一方で、八月函館大火に逢って〝全市は火なりき、否狂へる一の物音なりき、高きより之を見たる時、予は手を打ちて快哉を叫べりき、予の見たるは幾万人の家をやく残忍の火にあらずして、悲壮極まる革命の旗を翻へし、長さ一里の火の壁の上より函館を掩へる真黒の手なりき、／かの夜、予は実に愉快なりき、……〟この啄木も共存しています。風物のうつりかわりが〝鋭く感じられる。矢のように鋭く感じられる。……予の心は静かに立っていられない、駆け出さねばならぬような気持だ〟（「ローマ字日記」）。この激しさのバランスが、啄木の天才の存するところです。それが、ふと、中和されて、かつて憧れた英詩の海も記憶に浮かんだことでしょう、渡米熱に浮かされて、在米の詩人ヨネ・ノグチに手紙を送ったことも。「小島」も「東海」も、「あこがれ」や「あたらしさ」や「夢」とともに、ゆっくりと下方に向っておりて行く。奇跡的な平衡感覚のとき、そして無言の歓びのなかで、これらの歌、『一握の砂』は読まなければならないのだと思います。

さきほどの〝母の手紙〟のすぐ後で、啄木は、驚くような〝天空観〟へとバウンドするように、立ち上って行きます。今日、わたくしたちは、「啄木の日記」のこの「光景」を、どんな眼の光で読むことになったのでしょうか、……。

Kyō wa Yo ni totte kessite Kōfuku na Hi de wa nakatta. Okita toki wa, nani to naku ne-sugosita Kedarusa wa aru mono no, doko to naku Ki ga nonbiri site, Karada-jū no Chi no meguri no yodomi naku sumiyaka naru wo kanjita. Sikasi sore mo chyotto no koto de atta : Yo no Kokoro wa Haha no Tegami wo yonda toki kara, mō, sawayaka de wa nakatta. Iro-iro no Kangae ga ukanda. Atama wa nani ka kō, Haru no Appaku to yū yō na mono wo kanjite, Jibun no Kangae sono mono made ga tada mō madarukkoshii. 'Dōse Yo ni wa kono omoi Sekinin wo hatasu Ate ga nai. ……………Mushiro hayaku Zetsubō shite shimaitai.' Konna Koto ga kangaerareta.

Sō da! 30kwai gurai no Shimbun Shōsetu wo kakō. Sore nara arui wa Angwai hayaku Kane ni naru ka mo shirenai!

Atama ga matomaranai. Densha no Kippu ga iti-mai shika nai. Tō-tō Kyō wa Sha wo yasumu koto ni shita.

Kashihon-ya ga kita keredo, 6sen no Kane ga nakatta. Sosite, "Kūchū-sensō" to yū Hon wo karite yonda.

ATARASHIKI MIYAKO NO KISO.

YAGATE SEKAI NO IKUSA WA KITARAN!
PHOENIX NO GOTOKI KŪCHŪ-GUNKAN GA SORA NI MURETE,
SONO SHITA NI ARAYURU TOFU GA KOBOTAREN!
IKUSA WA NAGAKU TSUDZUKAN! HITO-BITO NO NAKABA WA HONE TO NARUNARAN!
SHIKARU NOCHI, AWARE, SHIKARU NOCHI, WARERA NO
"ATARASHIKI MIYAKO" WA IDZUKO NI TATSUBEKI KA?
HOROBITARU REKISHI NO UE NI KA? SHIKŌ TO AI NO UE NI KA? INA, INA.
TSUCHI NO UE NI, SHIKARI, TSUCHI NO UE NI: NAN NO——HŪHU TO YŪ

SADAMARI MO KUBETSU MO NAKI KŪKI NO NAKA NI:
HATE SHIRENU AOKI, AOKI SORA NO MOTO NI!

今日は予にとって決して幸福な日ではなかった。起きた時は、何となく寝過ごしたけだるさはあるものの、どことなく気がのんびりして、身体《からだ》中の血のめぐりのよどみなくすみやかなるを感じた。しかしそれもちょっとのことであった。予の心は母の手紙を読んだ時から、もう、さわやかではなかった。いろいろの考えが浮かんだ。頭は何かこう、春の圧迫というようなものを感じて、自分の考えそのものまでがただもうまだるっこしい。「どうせ予にはこの重い責任を果すアテがない。…………むしろ早く絶望してしまいたい。」こんな事が考えられた。

そうだ！　三十回位の新聞小説を書こう。それなら或いは案外早く金になるかもしれない！

頭がまとまらない。電車の切符が一枚しかない。とうとう今日は社を休むことにした。

貸本屋が来たけれど、六銭の金がなかった。そして、『空中戦争』という本を借りて読んだ。

新しき都の基礎

やがて世界の戦さは来らん！
フェニックスの如き空中軍艦が空に群れて
その下にあらゆる都府が毀《こぼ》たれん！
戦さは長く続かん！　人々の半ばは骨となるならん！
しかる後、哀れ、しかる後、我等の
「新しき都」はいずこに建つべきか？
滅びたる歴史の上にか！　思考と愛の上にか？　否、否。
土の上に、然り、土の上に。何の——夫婦という
定まりも区別もなき空気の中に。
果てしれぬ蒼《あお》き、蒼き空のもとに！

「新しき都の基礎」は、タイトルともども大文字、キャピタルレターで綴られています……。このAOKIは、「青」でも「蒼」でもない、もの凄い深みの「AO」です。そんな啄木の心がしずまって、その空から視線がゆっくりと下りて来て、稀らしい時が来て、『一握の砂』は詠まれた筈です。それが、わたくしたちにも、それとは知らずに判るということなのです。

東海の小島の磯《いそ》の白砂《しらすな》に
われ泣きぬれて
蟹とたはむる

頬《ほ》につたふ
なみだのごはず
一握の砂を示しし人を忘れず

大海《だいかい》にむかひて一人
七八日《なななやうか》
泣きなむとすと家を出《い》でにき

啄木から、歌のふかみを通して、〝無言の仕草〟（これもポケットに入るもの）を、わたくしたちは知ったのだと思います。

六　詩の経験のあたらしい道筋

――イェイツ

ウィリアム・バトラー・イェイツの詩の核心部分（とわたくしが感じています部分、……薄明の灰色の境域、……〝薄明〟、わたくしたちにも、薄い神韻縹渺たる境界は心の奥の何処かにうっすらと見覚えがあるように思われますが、こんな〝灰色〟はみたことがない。ましで、その灰色の石畳の下に、心に罅《ひび》割れを生じさせる結晶岩盤には覚えがない。ある痛苦とともに学んだものだと思われる、そこ）に接近して行ってみたいと思います。

難路だと思います。

〝難路〟だと思う心を、しばらく、この道端《みちばた》に立ちどまらせておくために、イェイツの詩篇の声をまず聞いておこうと思います。

The Lake Isle of Innisfree

I will arise and go now, and go to Innisfree,
And a small cabin build there, of clay and wattles made :
Nine bean-rows will I have there, a hive for the honey-bee,
And live alone in the bee-loud glade.

And I shall have some peace there, for peace comes dropping slow,
Dropping from the veils of the morning to where the cricket sings ;
There midnight's all a glimmer, and noon a purple glow,
And evening full of the linnet's wings.

I will arise and go now, for always night and day,
I hear lake water lapping with low sounds by the shore ;
While I stand on the roadway, or on the pavements grey,
I hear it in the deep heart's core.

訳は二通り、読ませてください。思潮社版『イエーツ詩集』から加島祥造氏訳を、北星堂書店『W・B・イェイツ全詩集』から鈴木弘氏訳を。

湖のなかの島

ああ、明日にでも行こう、あの島へ
そしてあそこに小屋を立てよう。
　壁は泥土、屋根は草葺きでいい
豆の畑は畝《うね》を九《ここの》つ、蜂蜜用の巣はひとつ
その蜂たちの羽音のなかで独り暮そう。

ああ、あそこなら、いつかは心も安らぐだろう
安らぎはきっと、ゆっくりとくるだろう
　水の滴《したた》りのように、また
朝靄《もや》から洩れてくる虫の音《ね》のように。
そして夜は深く更《ふ》けても微明《ほのあか》るくて
真昼は目もくらむ光にみちて

夕暮には胸赤き鳥たちの群れ舞うところ。
ああ、明日にでもあの島へゆこう
なぜならいまの僕には、いつも
昼も夜も、あの湖の水の
岸にやさしくくだける音が聞こえるからだ。
　車道を走っていようと
　汚れた歩道に立っていようといつも
あの水の音がいつも
心の奥底のほうに聞こえるからだ。

（加島祥造氏訳）

イニスフリー湖島

いざ立って私は行こう　イニスフリーへ行こう
土をねり　小枝組んで小さな庵《いおり》をそこに建てよう
九つの畝《うね》に豆を植えつけ　蜜蜂の巣箱をもうけ

イェイツの郷里スライゴーの湖水。中央の小島がイニスフリー

ひとり住もう　蜂さわぐ林の空地に
そこでは平和《やすらぎ》がもてよう　平和はおもむろに滴《しずく》して
朝霞のとばりから　こおろぎのすだくところまで滴して
夜半は微光みなぎり　真昼は色あざやかに輝き
夕暮は紅雀むらがって飛びかう

いざ立って行こう　夜となく昼となく聞こえるのは
湖際《みぎわ》にひたひたと寄せてくる波のかそけきさざめき
灰色の車道にあっても　舗道に立つときにも
その波の音を私は心の奥底に聞く

（鈴木弘氏訳）

どんなふうにしてリズムをつくったらよいのでしょう、それも日本語に。これも、又、途方もない難路です。イェイツ自身が〝*I will not read them as if they were prose. I am going to read my poem. . . great emphasis upon the rhythm*（散文のようには決して読まぬ。リズムに非常な力を入れて読むであろう）〟といっています。そのことがイェイツの詩を読みますときに、「英語」というよりも、そのさらに奥底の、……どういったらよいのでしょうか、小石と小石がふれあうような音が聞こえてくることを、イェイツの詩を読むたびに経験します。

……リズムの目的は（わたしには常にそう思われてきたのだが）瞑想の刹那を引き延ばすことである。それは眠っていてしかも目覚めているような刹那であり、創造を成す一刹那である。リズムは多様性を以て人を目覚ましておく一方、示唆的な単調さを以て人を沈黙に誘うことにより、この刹那を引き延ばすのである。それは真の恍惚ともいえるその境地を持続せしめ、その境地において精神は意志の抑圧から自由となり、……

（大久保直幹氏訳『神秘の薔薇』国書刊行会より）

これを詩句でいいますと、例えば、この〝*noon a purple glow*（真昼は目もくらむ光にみちて——加島氏訳。真昼は色あざやかに輝き——鈴木氏訳）〟——イェイツ自身、ここだけは、イメージが曖昧なのだと独白。しかし、よく考えると、この色（*purple*）の、これはイェイツの心の中だけではないでしょうね、……この色の〝引き延ばされ〟方、といいましょうか、色の宇宙の空気も又、微妙というより精妙、……。赤みがかった濃い深い紅色もある、……。とすると、この色は、次のムネアカヒワ（胸赤鶸）の羽根音にもとどいている、……詩人がもしかしたら、もう忘れてしまっていたのかも知れない、……色ですね。その、〝刹那の引き延ばし、……〟（イェイツの詩論「詩の象徴主義《シンボリズム》」の他の訳をみると、〝引きとめておく〟〝さらに柔らかにする〟等の魅力のある言葉がみえる。しかし、面白いことだ。わたくしの心は大久保直幹氏の使った〝引き延ばし〟にひかれている）から「転置《トランスポジション》」するようにして、息が絶えようとする道の端にまで、詩の息が下りて来て、「詩人」はそれに耳を澄ましている。それがわたくしたちにも判るということが、考えてみると、不思議です。あるいは、この講座でわたくしは幾度か、この〝一語の裸形の、……〟あるいは〝一語の裸形の宇宙〟といういい方をしていましたが、この詩の、

and evening（夕暮、……）

pavements grey（〝汚れた歩道〟あるいは〝灰色の舗道〟）

が、ある不思議な裸形の状態で、わたくしたちの胸に住みつくということが、どうやら、あり得るらしい。濃い赤、紅鶸《べにひわ》の群れ飛ぶ夕暮、この「夕暮」に、古い言葉ですが万感が籠っていることが知られます。

折角ですから、加島祥造氏の行きとどいた見事な文章（「W・B・イェイツについての実感的な覚え書」）から、この詩篇「イニスフリーの湖島」（加島氏の訳のタイトルは、「湖の

なかの島」）のもう一段の理解のために、イェイツのこの詩のリズムについての回想を加えておこうと思います。その前にこの詩が生まれた経緯は、……。

〝二十三歳頃の若き日に、ロンドンの街角で小さな水音を耳にした。そして（驚いてでしょうね）みると噴水の上で小さな水玉が見事にバランスをとっていた。それがわたくしを郷里スライゴーの湖水のミズを思い起させたのだ、……〟といいます。BBCによる録音は、おそらく一九三〇年代（イェイツが亡くなったのは一九三九年、七十三歳でした）でしょう、イェイツのこの声には、五十年の歳月も、幽かに音を立てている。（アイルランド訛りも聞こえます別の録音がありました。

W. B. イェイツ

リズムと呼吸、次に引きますイェイツの述懐を念頭に置いて下さい。ひとつ、大事なことに気がつきます。この小さな詩が立ち上って来るときに、まず音から、水音が想像力を喚起していることです。ですから、イェイツのいう初行〝*I will arise and go*（われ立ちて行く）〟の古格を始動させたのは聴覚で、この詩篇は、聴覚的想像力がやがて、深い色層に

「転移」して、そして再《マタ》、「聴覚的想像」に戻って来る構造の、見事な詩篇です。その〝立って来たその驚き〟は、いつになっても消えることがない。それが、湖水の〝*lapping*（「ひたひた」か「ぴちゃぴちゃ」）〟にも、滴《したた》りに、最後の心中の水音にもとどいています。この心中の最小の湖水の音に耳を傾けることが、この詩篇を読むことの芯のようなところにあるのだと思われます。その前に、加島さんの訳で、イェイツのこの詩のリズムについての回想を。

この抒情詩《リリック》は私自身の音楽のリズムで書かれた最初の作だった。すでに少し前から私は、修飾的文体《レトリック》を逃れようとして詩のリズムをゆるめはじめていた。修飾的な定型詩は通俗の感情をつくりだすから、それを逃れたく思ったのだ。しかしその時の私はまだ、「話し言葉口調」で書くべきだ、とはっきり自覚していなかった。ごくぼんやりと時おりそう思うだけだった。あの詩から二、三年後だったら私はもうあの詩の初行のような通俗的古調を使わなかったろう。あの初行にあるI will arise and go（われ立ちて行かんかな）の句がそれである。また最後の前の行における倒置法on the pavements grey（詩的口調にするための語の置きかえ）なども用いたりしなかったろう。

（*W.B. Yeats Autobiography ; 1887–91 XV*' 加島祥造氏訳）

このイェイツのいいます「古調」をひきだして来たもの。それはかならずしも「通俗的」ということはできないものです。わたくしは先程、この小さなものの働きをとらえることが出来なくて〝一語の裸形の、……〟〝一語の裸形の宇宙〟といいつつ口籠っていました。この〝小さなものの働き〟は、〝一語の裸形の宇宙、……〟からやって来ているのではなくて、詩の経験のあたらしい道筋の裸の状態から生じて来ているのだろうと思います。ややこしい云い方をしましたが、いまも、イェイツの声のなかで〝*cricket sings* 蟋蟀《こおろぎ》はうたい〟〝*a small cabin build* 小屋を建て、……〟が輝きを保ち、未来にも過去にもその〝ちいさなものの働き〟を放射している、そこに、イェイツのいう「古調」はとどいているのだとわたくしは読みときたいと思います。折角ですから、わたくしがしました荒い訳を、言葉が砕ける音が聞こえるようにして、読んでみたいと思います。

いざ立ちて行こう
行こうイニスフリーへ
小小屋をたてゝ（壁はドロ、屋根はカヤブキ）
豆のはたけの畝《うね》を九列、蜜蜂の巣を一つ
そして住むんだ、たった独り　蜜蜂の羽音をきゝながら
そこには平安《へいあん》がある、平安《へいあん》のゆるやかなしたゝりが

したゝりが、蟋蟀《こおろぎ》のうたうところにまでとゞき
真夜中は仄かに明るく、昼はかゞやく
そして夕暮、紅鶸《ひわ》どもは、群れ騒ぐ

いざ立ちて行こう
夜も昼もわたしは耳にする
湖水がひたひたと低い声をたてゝ岸辺を打つ
道に立つとき、灰色の舗道に佇むときに
わたくしはその音を、心の芯《しん》に聞く

今回は、ゆっくりとはじめましたが、〝水の音〟の、そしてじつに精妙な〝小さなものの働き〟——その、そうですね〝ちいさなもの〟の、それはもう、妖精的な、……妖精的ともういわなくてもいい、ものや心や記憶の、裸形のはたらきの、いまもなお「詩」中に生きている姿でもあって、それを垣間みたようです。聴覚とその「転置《トランスポジション》」が、発見でした。水中や地底に、途中下車の駅が幾つもあって、終りようのない気もしておりました。次回もイェイツの回をつづけさせて下さい。柳田国男とイェイツを主題にして、おそらく、現代アイルランドの詩人であるシェイマス・ヒーニー氏にもふれるのだと思います。

七　イェイツから柳田国男へ

前回は、アイルランドの二十世紀の大詩人ウィリアム・バトラー・イェイツ（一八六五〜一九三九年）の初期の一篇の詩篇の坑道を辿り、難しい道、難路でしたが、僅かに、詩のなかの気息（*breath*, *breathing* ではない、何だろうと、辞書を当りましたら、*aspire*, *aspirated*, *aspiration* ラテン語起源らしい言葉の響きと出逢っていました。息《いき》の音、熱望する、……）と詩の行間の林を縫うようにして、喚び起され、立ち昇って来る、濃い、深い赤い色や灰色の舗石（*pavements grey*）に、こうして僅かに触れえた、……のではないかと思います。

いま、ふと、イェイツの詩のなかを吹く風に影響を受けたのでしょうか〝詩の行間の林を縫うように、……〟と口から〝喩〟が、零れ落ちて来ていましたなんでしょう。

これを、いますぐには追い掛けずに、しばらく、放って置きます。
さて、今回は、イェイツの背後にある、隠された文化と、わたくしたちが過去のものとしようとしつつも依然として夢の奥や生活の隅に眠るこの土地の記憶の秀れた語り部との出逢いについてお話ししたいと思います。
いま一息に、途中で一語も変えようともせずに、
〃わたくしたちが過去のものとしようとしつつも依然として夢の奥や生活の隅に眠るこの土地の記憶の秀れた語り部、……〃
と、心の筋道に響く足音を、低いヴィオラかヴァイオリンの伴奏の方に気をとられるようにして、そこで〃情感の音楽（句切り《フレージング》）〃を、一息に言葉にしてみて、この〃語り部〃に、どんなに牽かれて来たことか、その（わたくしの）心が明らかになった気がしていました。
その〃秀れた語り部〃とは、柳田国男（一八七五〜一九六二年）です。そこまでの道程は、杣道《そまみち》（樵夫《きこり》、かまたぎの通る道）か獣道《けものみち》を、眼を瞑って辿る、これこそ、難路だろうと思います。
〃何故、態々《わざわざ》難路を、困難に向うのか、……〃。幾つかの答をさがしながら、面白いもの

です、あたらしく又考えはじめていました。何処かに秘密の根があって、最後の扉のような閂《かんぬき》が心の奥にあって、それを蔽い隠すように、別の難路を絶えず求めているのだ、……と。

ま、これも、しばらく、放って置きましょう。イェイツから柳田国男さんへの難路を辿りはじめます前に、幾度もここに戻って来ることもないのかも知れません、イェイツの詩と詩論をもう少し読んで置きたいと思います。ケルトの土壌につながる民話を自ら収集出版し、アイルランド独立運動にも関係をもち、又『ヴィジョン』刊行に象徴される神秘哲学に深入りし、思考を鍛えたイェイツ七十三年の生涯を、要約するようなことは出来ませんし、至難の業ですが、色々の水滴が、木の間にしたたるようにでしょうか、〝精霊の力で夢の中で結婚するように、……〟飛び飛びに、存在しない梯子を、空に架けるように、イェイツの言葉を置いてみます。

……実を言えば、なんらかの力を有しているのは無益に思われるもの、ごく微弱に思われるものだけなのだ。……私の考えによれば、孤独な人間は瞑想の瞬間に、……（最下級のものから、……）創造の力を授かるのであり、かくて人類を、さらには世界そのものをすら創造し解体するのである。なぜなら「眼は変わりつつすべてを変える」（ウィリアム・ブレイク「心の旅人」）。……死んだ者は彼らが生きていた場所やその近くにとどまって、いわば彼らの近隣の土地の隠れた特質のなかに引退したということである。……ごく自然に湧いてくる言葉、それがどのようなものであれ、そういう言葉で詩を書こうと希ったのである。……グレゴリー夫人がこう語ったことを聞いたことがある、「悲劇というものは死んでゆく人間にとって喜びともなるものでなければならぬ」と。……啓示の瞬間において、私ははっきりと目覚めながら同時に眠っている、いわば自己を抛棄しながら自己はあくまで冷静であるのだ。……国や国家などという代物は神が紅雀の巣のためにお与えになった草の葉一枚にも価いしない。……

ほとんどが「わが作品のための総括的序文」（野島秀勝氏訳、加島祥造氏訳編『イエーツ詩集』思潮社刊）からですが、最後の〝紅雀の巣のための一枚の草の葉〟、水際だった見事な喩が、この長い文章の末尾に現われてきます。

引用の〝空中の梯子〟を架けていて、愉しかったのは、イェイツにとって大切だった女性の声が聞こえて来る個所でした。一人は、イェイツが二十三歳のとき一目惚れし、求めても求めても果せなかった「断然チャーミングだ。まるで水蓮のようだ」とオスカー・ワイルドをしていわしめたという、並外れ美しい人だったと語り伝えられるモード・ゴンの面影。グレゴリー夫人はイェイツの精神的な支柱といってもよい存在。

なんでしょう。読んでいて、心が坐る。性根が坐る、……といういい方がありますが、こうして、ご一緒して読んでみたい詩篇も自ら、決って来るようでした。高踏的で、しかも民衆の魂というより、底の底の土性骨に、心がしっかりとどいていたイェイツ。そのイェイツの詩のもうひとつの要、地肌、芯は、おそらく手ひどい恋の痛手によって生じたのでしょう、詩の最深部の罅割《ひびわ》れ、きしみ、〝引いてゆく波の下に／小石たちの鳴る音〟、〝灰色をしたもの〟、これです。
　どれを引きましょうか。そう、直截で短かい詩を。
清《きよ》くて白い額《ひたい》と落ち着いた手の動き
くすんだ柔らかな髪
私はこの美しい友をえた時
以前の恋の傷は消えると感じた、
この人との愛であの絶望は終るのだと。
　ある日、彼女は私のハートの底をのぞきこみ
そこに君の面影《イメージ》のあるのを見つけた。
彼女は泣きながら立去っていった。
（「新しい恋人の嘆き」加島祥造氏訳『イエーツ詩集』）

〃ハートの底をのぞきこみ〃は、イェイツの原詩では“*She looked in my heart one day*”なんとなく清々しい泉が、井戸をのぞき込む仕草と俤が顕《た》って来る。きっとこれは、加島さんの佳い訳のせいでしょう。

次の詩の〃ぼろと骨をあきなう心の店先〃は、おそらく、イェイツが最終的に至りついた、あるいは、こんな言葉はないでしょうが、イェイツの詩魂が〃戻り着いた〃〃巻き戻った〃古い、途方もない、時計が突如、螺旋形の撥条《ゼンマイ》が、巻き戻ったような響きの詩です。

……これらのイメージは
純な心のなかで育ったが　生まれたのはどこからか
残物の山　街頭に掃きよせられた塵芥《ごみ》からか
古やかん　古びん　つぶれたブリキ缶《かん》からか
古鉄　枯骨　ぼろからか　銭箱《ぜにばこ》を抱えこんで
わめきちらす売女《ばいた》からか　自分の梯子《はしご》を失ったいま
私はすべての梯子のはじまる原点で寝そべるしかない
ぼろと骨をあきなう心の　この汚ない店先で

（「サーカスの動物たちの脱走」鈴木弘氏訳『W・B・イェイツ全詩集』）

〝ぼろと骨をあきなう店先（*rag-and-bone shop of the heart*）〟とともに、イェイツが最後に、〝骨の髄で考えたもの――〟として、ぜひとも〝すべての梯子のはじまるところ（*where all the ladders start*）〟を、記憶の隅の何処かに、そっと置いて下さい。

さて、最初に申し上げました〝秀れた語り部〟への難路に入って参ります。

＊

座敷童子《ざしきわらし》や河童の居る、岩手県遠野《とおの》の道の蔭のようなところから、……。〝遠野《トー》〟は、アイヌ語起源の〝湖《トー》〟という空気を孕《はら》んでいて、おいでになってみますと、一目で判る筈です〝遠野〟は、かつての湖水の流れでた跡で、柳田国男《やなぎたくにお》さんの名著（佐佐木喜善さんとの共著とも、遠野の記憶との共著ともいえる）『遠野物語』（一九一〇年六月、明治四十三年）も、このことの記述からはじまっていました。

その柳田国男が、イェイツに、イェイツの眼と出逢っていました。『遠野物語』刊行の前年（一九〇九年）のことです。『遠野物語』の語り手である佐佐木喜善が柳田さんに手紙を出して、〝……**ザシキワラシ**に左の種類あることを今日聞き申し候／……*Usutsukiko*　これは最も小さく最も美しい神だそうです／……*Chobirako*　これはおもに夜中に出で　臼を舂《つ》く時のやうにはねてあるく者らしく候　之に就きて貴方に御尋ね申度は　西洋にも右のような物が有之候や〟（『石神問答』一九一〇年五月、『柳田國男全集』筑摩書房）と訊ねたのに対して、柳田国男はこう答えていて、ここに、イェイツの『ケルトの薄明（*The Celtic Twilight*）』（イェイツ二十七歳、一八九三年）を読んでいる〝柳田の眼〟が、輝いています。

久しぶりの御書面なつかしく拝見　殊に数々の御話につけて更に又六角牛早地峰の山の姿を想ひ浮べ候　**ザシキワラシ**に似通ひたる欧羅巴《ヨーロッパ》の神々、調べ候はゞ限なき興味可有之候へども　小生は今以て其余暇無之候　先年 Yeats が Celtic Twilight を一読せしこと有之候　愛蘭《アイルランド》の**フエアリイズ**には**ザシキワラシ**に似たる者もありしかと存じ居候　遠野物語は早く清書して此夏迄には公にし度願に候へども　何分目下は石神のこと中途にて打棄てがたく、……

こうしてイェイツが、妖精の物語が、この書物の隅に棲んでいたのです、……。これは明治四十二年（一九〇九年）二月二十三日の佐佐木喜善宛の手紙の冒頭部分です。このことをもって「柳田国男の学問」について何かをいおうとする考えはわたくしには、まったくありません。それよりもむしろ、テクストでは傍点を振りましたが〝調べ候はゞ限なき興味可有之候〟、この柳田の〝大きく見開いた新鮮な眼〟こそ、眼目です。〝ここに柳田の目が輝いて、……〟と、少し詩的ないい方をしましたのは、ものをみる眼のオーラといったらよいのか（その底には深い失意が感じられます。……判然とはしませんが、……）その眼の焔のような力だと思います。なんともいえない歓びの刹那の熾《おき》（残り火）が燃えていて、わたくしたちの眼もそれを感じて歓びを覚えるのではないでしょうか。イェイツと柳田の出逢いに気づいて原稿化したのは七、八年前でしたが、『ケルトの薄明』のこんな個所にさしかかるとき、わたくしはわたくしの眼の傍らに、柳田さんの眼があるのをふと感ずるのです。例えば、

……妖精は二度と現れることがなかった。妖精は、血の滴る自分の腕を、地面のなかにひっぱり込んでいった。女の子が裏切ったので、自分は手を失くしたのだと妖精は思ったようだ、……

（W・B・イェイツ『ケルトの薄明』井村君江氏訳、ちくま文庫）

これは、ほとんど「河童《かっぱ》」です。そうだ！　と頷いたときの、柳田さんの机と仕草がみえる気がします。ここに接木をしてみる。次の文章を、その傍に置いてみるということをしてみたいと思います。『遠野物語』の献辞と序文（の末尾）をここに、樹木に日の当って育つ側と日が当らずに育つ側があっても、それが一本の樹木であるように、〝……限ない、い、い、き興味可有之候〟という柳田国男の言葉を、〝聞こえない波音／見えない櫂〟に見立てて、

ここに並べて立ててみることも、決して不可能ではありません。

この書を外国に在る人々に呈す

（『遠野物語』扉）

……思うにこの類の書物は少なくも現代の流行にあらず。いかに印刷が容易なればとてこんな本を出版し自己の狭隘《きょうあい》なる趣味をもって他人に強《し》いんとするは無作法《ぶさほう》の仕業《しわざ》なりという人あらん。されどあえて答う。かかる話を聞きかかる処《ところ》を見てきてのちこれを人に語りたがらざる者果《はた》してありや。（中略）要するにこの書は現在の事実なり。（中略）今の事業多き時代に生れながら問題の大小をも弁《わきま》えず、その力を用いるところ当《とう》を失えりという人あらば如何《いかん》。明神の山の木兎《みみずく》のごとくあまりにその耳を尖《とが》らしあまりにその眼を丸くし過ぎたりと責《せ》むる人あらば如何。はて是非もなし。この責任のみは自分が負わねばならぬなり。

（『遠野物語』序、岩波文庫）

『遠野物語』序文はここで終っています。今回は、最初に、〝気息（息の音、熱望する、*aspirated*）〟の坑道を辿る難路、……それを想像しつつ、ここまでやって来まして、〝明神の山の木兎《みみずく》のごとく、……耳を尖らし、その眼を丸くし〃ていた、柳田国男の心の芯のようなところに触れることが出来て、これこそをイェイツにも伝えたかったのだとわたくしは、心の底から思いました。そしてここに、柳田をして〃この書を外国に在る人々に呈す〃といわしめた真意があるのを感じます。難路が、やはりとてもきびしくて、現代アイルランドの詩人であるシェイマス・ヒーニー氏の奥深い地霊の発気《ミャズマ》に似た声を聞いていただくことが宿題となってしまいました。お詫びを申し上げます。

八　美しい魂の汗の果物

――吉岡実

この講座の何回か前の西脇順三郎さんのときに、ふと気がつくようにして口にしたのだと思います、「詩をポケットに」と名付けましたこの講座のキー・ワードは、〝長さ〟あるいは〝詩の長い旅〟なのかも知れないということを申しました。今回、八回目の吉岡実さんの作品世界について思いめぐらしながら、再びそのことに気がついていました。この〝詩の長い旅〟は〝詩の深い旅〟といいかえてもよいのだと思います。

遠まわりの道に、小石を一個、川波に浮かせるように……そんな言葉の仕草をさせて下さい。

何十年かこの作品を読みつづけて来て、その〝何十年か、……〟が、ここでいまものをいいはじめているのかも知れません。よくご存知だろうと思います、川端康成の『雪国』の冒頭の名高い一行〝国境の長いトンネルを抜けると雪国であった〟。〝長いトンネル〟

を、この大切な作品の、はじまりの場所に、詩的な痕跡のように（……とわたくしは感じます）、残した川端康成の、〝長さ〟に籠められたであろう心を、わたくしなりに読んでみます。川端さんは孤児でした。この少年川端の源泉と、書くことの萌芽は、『十六歳の日記』『葬式の名人』に見られます。盲目の祖父とその掌の感触、……。まず、この作品『雪国』は、戦争期を挟んで、十数年をかけて折り重ねられる波のようにして書かれた作品であったということ。そして、おそらく、無意識に、川端さんの心中を、この〝トンネル〟は、作者の青春の形見である『伊豆の踊子』から運ばれて来たものであるということ、……（『踊子』の第一章と第二章の境界をごらん下さい。そこに他界への入口に似た〝トンネル〟が口を開いています、……）。もう、その〝トンネル〟も、記憶の奥に霞んで行こうとしている、……大きな時間が過ぎようとしていて、その何十年かの長い旅が、さらにあります。

吉岡実（大正八年、一九一九年東京本所に生れ、類例のない、詩の光芒を虚空に刻印しつつ、平成二年、一九九〇年五月死去、七十一歳と一カ月半。終の栖家は、渋谷近くの松見坂上、……）。

この詩人の詩には、純一な想像力によってしか、切り開かれえなかった、驚くべき光景が展開しているのと同時に、この詩人の詩にしか住む場所がなかったと得心させられる、未生のもの、死児、恥辱等々が、詩句をして語らしめると〝一度は母親の鏡と子宮に印された／美しい魂の汗の果物〟（「死児」）に似て、……共存しているのです。そうしてと、さらに喩を考えていて思い起しました。吉岡実さんの詩群は、夢の基底部に波紋を広げる性質を持っています。昨夜（二〇〇二年二月二十二日）は、夢の中でしばらく、大理石の結晶から、青い溶液が夢のなかを、流れてやみませんでした。すぐに判りましたが、これは、ページを開いて下にして睡っていた、吉岡実著、唯一冊の散文集、『「死児」という絵』（筑摩書房刊）の二四五頁、「西脇順三郎アラベスク」の一行の「大理石のとぐろをまくおろちの」に感嘆していた吉岡実氏の心の隅に、わたくしの夢、夢のなかで辿る細い道が、こうして、とどきかけていた、……ということでした。これが、あるいは、吉岡実という奇蹟的な詩人の領土に、たったいま入って行く〝長い旅〟への入口《イニシエーション》であったのかも知れなかったのです。

　さて、ここから、吉岡実の未開の宇宙の深みへの〝長い旅、……〟これからさらに長くなって行くであろう〝詩の旅〟に出立します。〝これからさらに、……〟は、わたくし自身の心中の騒ぎを捉えようとした言葉でした。しかし〝これから、……〟は、未来の読者、読者の未来の読書の〝長い旅〟を、含意しているものなのかも知れません。〝長さ〟といえば、吉岡氏にかつて、どこからその手触りを摑んだのでしょう、仄かに幽かに判るが、驚異的な、息を呑むような一行を書きしるしたことがありました。そこだけをカットして差し出すようにしてみますが、声にならない声で読むしかないのでしょうか、その〝長さ〟を、巨きさ、柔かさが伝えられるかどうか心もとないことです。（ト書のように、おねがいの小声を入れておきます。〝手に耳に、繻子か絹の秤《はかり》を下げてその重さの揺れをはかるような感じで声を出して下さい、……〟と。）

……塔のなかは
長いかいがらに長い貝の美体が入って
いるように暗い

（「螺旋形」『吉岡実全詩集』筑摩書房）

そこに入っているらしい、息を呑むように美しい宇宙の手ざわりを、わたくしは、〝がらんどう（からっぽ）〟という響きも、ここにかさねて聞いていたのかも知れません。撫でる、剝く、嵌め込む、（壁を）踏まえる、……わたくしたちの身体意識から、いま喪われて行こうとしている動作、仕草、これらの小動詞たちの、これまでして来た〝長い旅〟。僅かに詩の領土の下底にだけ、忘れられかけた種として存在しつづけることになるらしい影、ものたち。民族学でいう、それら「生命指標」の、霊的と形容するしかない現われ、立ち上り、その、それらのしてきたらしい〝長い旅〟の経験の暗示、……等々。ここにこそ、吉岡実の半世紀に渉る詩作をとおして残された詩篇が語る、尽きせぬ富が、隠されて眠っているのだとわたくしは思います。何に隠されて？　それがその富を発掘した同じ力のあらわれなのですが、それは〝極端に美意識のつよい私〟（『「死児」という絵』六六頁）の詩人像に隠されて、……でもありましょう。

さて、先程、簡単に、吉岡実さんの履歴を、わたくしの言葉にしてお伝えしましたが、「私の生まれた土地」という文章を読んでみます。声に出して、この呼吸を量るように読んでみるのもたのしみです。

本所業平で生まれた。おそらくドブ板のある路地の長屋であったろう。近くに大きな製氷工場があったと聞く。そこで関東大震災に遭遇した。火の海のなかで燃える氷の山。

それから本所東駒形で少年時代をすごした。塀のある二軒長屋。小さな庭で、母は小さな植木を丹精していた。

水戸様（隅田公園）へ遊びに行き、透明なエビを釣ったり、隅田川の岸の石垣の間でカニをつかまえたりした。大河原屋というイモ屋で尻をカマであたためながら、ガキ大将として暮した。篠塚の地蔵サマの縁日の夜は十銭の小遣いをたのしく使った。星乃湯の女湯をのぞいた。高等小学校のころから、厩橋に移った。奉公に行き、そして兵隊に行き、生まれ故郷本所という土地を失った。

（「私の生まれた土地」一九六七年『「死児」という絵』）

この文章を読んで、そして、吉岡実氏の最後の書物への橋を、架けてみようとしていました。いま「書物」と書いて、ふっと小さな吐息がこぼれて、気がつきます。吉岡少年十五歳のときの医書出版南山堂の住込み奉公以来、五十九歳筑摩書房退職まで、吉岡実さんの生涯は「書物」とともに歩む〝長い、深い、……旅〟だったのです。ここにも、奥深い、仕草、手業、……そう、吉岡実氏は装幀家でもあった。「書物」への思いのさぞ深かったでしょう吉岡実さんが、その死の年一九九〇年七十一歳のときに上梓した最後の書物が、〝二十歳の日記〟（『うまやはし日記』吉岡氏、実際には昭和十三、十四、十五年、十九歳から二十一歳の日記）であったことは、少なからぬ波紋、途惑いを、読者に投げかけたのだとわたくしは思います。そして、ここにも、詩人吉岡実の〝隠れた長い旅〟があって、これはわたくしの勇み足であることを、

吉岡実

十分承知で申しますが、まったくそのあらわれは異にするものの、しかし、「日記」の本性がここに顕《た》ちあらわれる、石川啄木の「ローマ字日記」と並べてみる、遥かに隣合わせてみる誘惑にかられます。少年吉岡実の愛読したのが北原白秋、佐藤春夫、……そして石川啄木等であったのとは、まったく異った水脈で。何でしょう、どこからか板木《はんぎ》の匂いがして来ます。

急いで、心の閃めきを追って行くようにして書きましたので〝「日記」の本性がここに顕ちあらわれる〟が何をいおうとしていたのか、わたくしにも判りません。柱にきざまれる爪跡のようなもの、その筆圧をふと感じていたのかも知れません。〝吉岡実の長い旅〟は、勿論、その類例のないヴィジョン、イメージ、作品、……を書いていった稀有の詩人の姿、仕草とともに、もっともっと底知れない、未開の領土をひきずっている、……これが、『うまやはし日記』を、著作の掉尾にして逝った、詩人吉岡実の全貌へのわたくしの見方です。

八月三十一日

貯金帳（八十円）と退店手当（三十円）を貰う。五年間の小僧生活の哀しさ、懐しさ。店の連中と別れの挨拶。英子は「さようなら」の一言。葉子は「本当は好きだった」の謎めいた言葉。後輩二人と本郷三丁目の青木堂でコーヒーをのむ。皆に見送られ雨の中を、自動車に乗った。夕方、厩橋の家に着く。荷物が本ばかりなので、母は呆れた。

九月二日

浅草を歩く。てんぷらの三定の隣りの玩具屋には、おもちゃが溢れている。子供のころこの店の前で、ゼンマイ仕掛の昆虫や刀を欲しがって、父母を困らせたものだ。ひょうたん池の樹の下で、鯉や緋鯉の遊泳を見た。

『うまやはし日記』（叢書りぶるどるしおる一、書肆山田、一九九〇年刊）、昭和十五年のこれが最初の頁です。「荷物が本、……」が胸をうちます。この〝てんぷら〟や〝ゼンマイ仕掛の昆虫〟も、先程読みましたあの〝貝の美体〟のかげに隠れていてと、読んでしまうと喪われてしまう、別種の長途、……詩作の、長い長い旅に、それでは入って参りましょう。

さきほども、わたくしの読み方では詩篇の奥の深さが充分に伝えることが出来ますかどうか、……と申しあげました。ことに、この詩篇のように視覚的な刹那の衝撃そのものにも、〝奥深く長い旅〟の先端が、その貌を覗かせているのだとしますと、一層、その音声化は至難だといってもよいのです。ゆっくりというより、吃音を入れるというのでもなく、さきほど読んでいただきました吉岡実の文章に感じられる、簡潔な切れ（これは、学んだ俳句から来ている呼吸の切れ）を、短かく、挟んで、少しでも、言葉を、あたうるかぎり、立体化させて（吉岡少年の夢のひとつは、彫刻家になることだった、……）そうして読んでみます。それにしても上空に漂う妖しい雲のような（そう、見上げられている）この〝よだれかけ〟が、素晴しい。

死児

I

大きなよだれかけの上に死児はいる
だれの敵でもなく
味方でもなく
死児は不老の家系をうけつぐ幽霊
もし人類が在ったとしたら人類ののろわれた記憶の荊冠
永遠の心と肉の悪臭
一度は母親の鏡と子宮に印された
美しい魂の汗の果物
だれにも奪われずに

父親と共に働き藁でつつまれる
地球の円の中の新しい歯
誠実な重みのなかの堅固な臂
しかし今日から
死児は父親の義眼のものでなく
母親の愛撫の虎でなく
死児は幼児の兄弟でなく
ぶどう菌の寺院に
この凍る世紀が鐘で召集した
新しい人格
純粋な恐怖の貢物
裁く者・裁かれる者・見る者
みごとな同一性のフィルムが回転する
死児は棺の炎の中でなく
埋葬の泥の星の下でなく
生けるわれわれを見る側にいる

（「死児」一九五八年）

どうでしょう。読み方を変えることによって、次々にあたらしい角度で、宝石に刀《かたな》が入って行くように、世界を照らしている、光の角度が瞬時にして変るのが感じられます。今日は、〝藁でつつまれる〟と、次の行の〝誠実な重み〟に挟《はさ》まれた、

地球の円の中の新しい歯

が、どうしてでしょう、とっても印象に残りました。どうしてか、……とうごきだそうとする思考の回路を断って、たとえば、この〝地球の円の中の新しい歯〟を、ポケットに忍ばせておくことも肝要なのだと思います。

「死児」は代表作の一つであり、この作品へのさまざまの言及もありますが、二つだけ申し添えておきたいと思います。この作品が、吉岡実にとってはじめて「主題」をあたえられて書かれた長篇詩であったということ。その主題は「私の戦中戦後」。もうひとつは、〝長い時間が必要だ。「死児」を読むためには〟という、稿成って、編集者（伊達得夫氏）が読むのを、そのときを待っていた吉岡実の述懐でした。今回はここで終ります。こうして吉岡実の世界に入って参りましたが、何か、途方もない、長さ、遠さ、深さに逢着したのだと思います。

九　絶えることなく差し出された手紙
——尾崎放哉

今回は、無季、自由律の俳人、大正十五年（一九二六年）四月七日に、四十二歳で、瀬戸内海の小豆島で亡くなりました（死因は、肺結核・合併症・湿性咽喉加答児《カタル》）尾崎放哉についてのわたくしの考え、感じ方を、あらためて、手さぐりしつつ、お話ししたいと思います。

本名は尾崎秀雄、いまの鳥取市に、日本海沿いの都市に明治十八年士族の子（父は鳥取地方裁判所の書記）として生れ、〝私の幼時、小学校の時だと思ひます。「本」が大変スキで、寧ろ病的でした〟（住田蓮車宛書簡、大正十三年八月、『尾崎放哉全集』彌生書房——こんな短かい引用でも、もう、放哉独特の〝多重的な、……〟と形容したらよいのでしょうか、大変に魅力ある声が聞こえて来ます。今回は幾度も、手紙や日記の底や地肌に犇《ひしめ》くこの声を聞くつもりです。）という少年時代を過し、秀才だったのでしょう、第一高等学校から東京帝国大学の法科にすすみます。

　この「一高」時に出逢った一級上の荻原井泉水《おぎわらせいせんすい》が、尾崎放哉にとりましても、このあと、次に触れることを予定しております、種田山頭火にとりましても、この人が、いわばキー・パーソンです。ですから、彼ら二人が中心メンバーとなりました俳句雑誌（「新傾向俳句雑誌」と呼ばれた、……）「層雲」（明治四十四年、一九一一年創刊）とともに、荻原井泉水の名を、記憶にとどめておいて下さい。

　いま、わたくしは、一般的に通用しているいい方を借りて、〝無季、自由律の俳人〟あるいは〝新傾向、……〟という言葉を使っていました。しかし、それは〝有季、定型、……〟、「俳句」からの視点であって、〝見方を変えれば、……〟これも、常套句に過ぎなくて、わたくしたち時々刻々、名指すことを、間断なく書き変える、光を変えて行くということをしなければならないのだと思います。こう綴って、ふと、折口信夫が、正岡子規の、

瓶にさす藤の花ぶさみじかければたゝみの上にとゞかざりけり

　という歌に息づいている眼と眼のうごきを、〝発見感〟という印象的な言葉で語っていたことを思い出していました。発見ではなく発見感、……。驚きと喜びが、途切れること

なく、ちょうど、幼児や子供の眼が、ビデオカメラを覗き込んで外界を、自由に喜々としてとらえるのに似た、発見の過程、径程、細道、枝分れ、そのプロセスの発見が、大切なのだと思います。

〝有季、定型、……〟、子規をついで虚子が確立し普及につとめた〝花鳥諷詠〟〝客観写生〟の宇宙も、その果した役割は大きく、多くの人々の心に詩の種子《たね》をうえてくれたのだと思います。それを認めた上で、もっともっと、別の道が、別乾坤が言葉の宇宙にはあったのだということ、〝無季、自由律〟には、私的ないい方なのかも知れませんが、〝痛み〟を覚える、……ということ、これだけ申し上げて、今回の尾崎放哉の世界に入って行きたいと思います。

墓のうらに廻る

せきをしてもひとり

入れものが無い両手で受ける

とかげの美しい色がある廃庭

春の山のうしろから烟が出だした

これが、放哉のハイクの幾つかです。なんでしょうね。書き写していて、写しおえて、枯れているのにまだ生きている花の仕草か、消えたオーラにふとふれる、……あるいは、その花の仕草に、こちら側が摘《つま》まれているような、静かな、不思議な気配を感じていました。おそらくそれは、その一部分は、「俳句」がその根にもっている〝口承性——口伝《くちづた》えに、一呼吸一呼吸運ばれて来た、……〟によるのでしょう。放哉の句、その、……思い切って、こう名付けましょう、〝口伝え性〟のそのさらに消え入るようなところにまで、放哉の「俳句」の示す仕草は、及んでいるのだともいい得るのではないのでしょうか。

放哉と放哉の句を好まれる方にとって、この五句では、満足出来ない、……ことでしょうが、今回は、この五句を、放哉のムネの空気の柱のようにして話をすすめます。

まず「墓のうらに廻る」から。

こんな、屈託のない、弾んだ言葉の応酬こそ、わたくしたちが喪ってしまった「俳諧」の口承性、笑いにつながるものなのかも知れません。芭蕉さんたちの「連句」の座から聞こえて来ていますものも、おそらくこの賑いと、その空気です。

裸木　ただごとだと思う。

不識　去り難い気持ち。墓に対する親しみが出ている。
一石路　つまらない。詩のリズムがあるとは思えない。
秋紅蓼　淡いけれども、詩のリズムはある。
加茂水　墓のうらだから、裏の空地に出たという気持ちでありましょう。
井泉水　墓に対して低徊する気持ちと違う。裏の空地へ出るのでは、ただごとになってしまう。何気なくうらに回る気持ち。それは墓石というものから誘われる不思議な感情だと思う。墓のうしろでは、かくれんぼうになってしまう。
裸木　思わせぶりで句を味わわせるのではつまらないと思う。

尾崎放哉

井泉水　むしろ、正反対だと思う。この句のリズムは普通のリズムと違う。この句は何とおっしゃろうとこれだけですと投げ出している気持ちが嬉しい。
一石路　無闇に投げ出されて当人は涼しい顔をしていては、僕等は不安になる。俳句がそうなると、読者は神経衰弱になってしまう。
井泉水　それは別な立場から反対する。一

体、諸君は句に凝りすぎる。余りに凝りすぎると、神経衰弱になる。この放哉の句は大安心の境地に踏みこんだもの。手も足も動かさずに、ポッカリと水に浮くあの浮身という気持ち――放哉の句はそれだと思う。それが本当の無技巧にして自然を得るもの。自分を捨てきって真を得るものだと思う。その点において私も放哉に及ばない。

一石路　その態度論は分りましたが、それでもこの句を是認はできません。もう少し言葉を足して誰でもうなずくような表現がほしい。

井泉水　それでは、墓のうらに回ってみる、とするか。それとも、松の下の墓のうらに回るとするか。場所が出る、幅も出る。しかし、私の心が出る。この句は、そういう一切の「私の心」のひそみこまない前の自然そのものの気持ち――墓に対して自然にその後ろをみたくなった気持ち。これはどうしても原句より他はない。作者の気持ちと言葉とがぴったりして充足している。従来のリズムとは違うけれども、これも亦、一つの詩だと言い切れると思う。

（小玉石水氏著『海へ放つ尾崎放哉伝』春秋社〝初出、大正十五年六月号の「層雲」に掲載された「放哉追悼俳談」の一節〟より）

井師《せいし》と呼んで親しんだ、師の井泉水のいう〝リズム〟と〝詩〟を、これから試みてみますわたくしの迂回路、辿ります細道、これも裏に廻ること、……は、そのみえない隠された〃リズム〃と〃詩〃を、何処か、遥かに遠いところに支点を置いて、梯子で、支えてみようとしている、なんでしょうね、遠い、綱渡りに似た仕業なのかも知れません。

尾崎放哉の手紙、絶え間なく繰りだされる、波のような書簡は、おそらく、啄木の「ローマ字日記」とも比肩しうる、類例のない、熱と劇しさ、切なさ、悲劇、劇性、暗さ、哄笑等々を孕んだ稀らしい種類の作品です。放哉の書簡（しまいには日に何通も出し、切手も原稿用紙も不足してしまう、……放哉の書簡集）は『ゴッホの手紙』と比べて読むことも出来る、書簡文学の白眉といってもよいもの、……といいますのが、わたくしの意見です。それを後ほど読んでみますが、彌生書房版の全一冊の放哉全集をかかえて、T.V.番組を若い、優れたスタッフとともに、学びながらつくって行きましたときにも、なんでしょう、古びて、干上った、心の川床の石どもに、初めての濁流が襲いかかって来るのにも似て（放哉のイヤなところもイヤミなところも）驚きと心の弾みをともに覚えていましたが、今日〃墓のうらに廻る〃を、たとえばその石の一コにして、放哉の心の濁流に心身を沈めるようにして読んでいったとき、何か、奇妙な〃まるい物〃の感触が、ふと浮かびあがって来ていたのです。これはもう死語となったな、……という感想と、この〃まるい物〃の宇宙にさわっている指が、放哉の指だという直観といいますか、確信といってもいい刹那の判断が、ほぼ同時に、わたくしの胸中に兆していました。

それは〃ぐるり〃という言葉とその質感でした。終の栖家となりました、小豆島の南郷《みなんご》庵《あん》に入ったときの、心に弾みのある、「海」と題されたこれは名文です。放哉の言語感覚と、その気息をおつたえしたいので、少し長く引いてみようと思います。

庵に帰れば松籟颯々、雑草離々、至つてがらんとしたものであります。芭蕉が弟子の句空に送りました句に、「秋の色糠味噌壺も無かりけり」とあります。これは徒然草の中に、世捨人は浮世の妄愚を払ひ捨てゝ、糂汰瓶《じんだびん》ひとつも持つまじく、と云ふ処から出て居るのださうでありますが、全くこの庵にも、糠味噌壺一つ無いのであります。縁を人に絶つて身を方外に遊ぶ、などと気取つて居るわけでは毛頭ありませんし、また、その柄でも勿論ないのでありますから、時々、ふとした調子で、自分はたつた一人なのかな、と云ふ感じに染々と襲はれることであります。八畳の座敷の南よりの、か細い一本の柱に、たつた一つの脊をよせかけて、其前に、お寺から拝借して来た小さい低い四角な机を一つ置いて、お天気のよい日でも、雨がしと〳〵降る日でも、風がざわ〳〵吹く日でも、一日中、朝から黙つて一人で坐つて居ります。

坐つて居る左手に、之も拝借もの……と云ふよりも、此庵に私がはいりました時残つて居つた、たつた一つの什器であつた処の小さな丸い火鉢が置いてあるのです。此の火鉢は殆ど素焼ではないかと思はれる程の瀬戸の黒い火鉢なのですが、其の火鉢のぐるりが、凡そこれ以上に毀す事は不可能であらうと思はれる程疵だらけにしてあります。之は必ず、前住の人が煙草好きであつて、鉄の煙管かなんかでノベツにコツンコツン毀して居た結果にちがひないと思ふのです。誠に御丹念な次第であります。此の外には道具と申してもなんにも無いのでありますから誠にがらんとし過ぎたことであります。……

（「入庵雑記、海」『尾崎放哉全集』彌生書房）

放哉の口調の奥で働いている色彩、……といいますと、謎のようないい方になってしまいますが、〝がらん〟や〝ぐるり〟や〝だらけ〟や〝ノベツにコツンコツン〟（傍点尾崎放哉）には、古い古い人の指や物の色の面影が生きていて、それが、ほとんど百パーセント無意識に、文頭の芭蕉さんの句の色、質感にとどいているのです。この〝ぐるり〟の宇宙が、「墓のうらに廻る」の構造だ、……という、驚きが、わたくしにとっての発見、そう、発見感でした。

せきをしてもひとり

は、放哉のもっともよく知られた句のひとつで、この句に、孤独、寂寥、病苦を、そして、これは、いま読んだばかりの〝ぐるり〟の宇宙、咳をして、みまわすと、……の仕草の空気を読みとるのと同時に、いまから引用してみます、ほとんど悲鳴に近い、手紙のなかの猛烈な風の声を、一緒に聞くことによって、一風土の発見というより、(宇宙的な、……)天空観の……、放哉を否応なしに襲った、宿命の風音とも、この句の音は聞こえて来るのだと思います。これは、放哉が若いころから愛読して来た跡のみえる蕪村の名句「月天心《てんしん》貧しき町を通りけり」の天地にも、その無音の音と二重の眼は、かさなっています。

朝鮮火災海上保険株式会社支配人となった後、肺を病んだ放哉は、暖かな「島」への移住(ことに台湾へ)を考えていたらしいのです。京都一灯園での寺男生活、兵庫須磨寺の堂守、若狭小浜の常高寺の寺男をつとめたその後で、井師(井泉水)の口添えもあり、瀬戸内の温暖な小豆島に赴くことになります(大正十四年八月、一九二五年、放哉四十一歳、その死まで逆算して、七カ月余り)。

ところが、オリーブの島、瀬戸内の静かで温暖な筈の小豆島は、海の北風の、通い路の島でもあったのです。わたくしも、小豆島を訪ねてこの風と出逢ったことがありました。放哉の小豆島書簡の随所に、この〝烈風又烈風〟(書簡三七四)が絶えることなく吹いているのですが、今回は「咳」ではじまり「烈風」に至る、一葉の葉書を紹介いたします。

啓、只今、夜中、「咳」が苦しくて又、這ひ出して来て、机の前ニ座って見る。火鉢ヲ、カキマはして、ホツ〳〵粉炭の存在ヲ、タヨリにして書く……今日ハ苦シカツタガ、全部片ツパシより書きとばし、発送して、セイ〳〵したり、アンタのおかげか?

呵々。……只、(御経文中ノ一句)ヲ、ガセン紙ニ書かざりし事、恨事、恨事、……(烈風、障子ヲナラス。) 匆々

(飯尾星城子宛、大正十五年一月十五日、南郷庵より、葉書。同全集)

こうして、生きているうちは放哉が、絶えることなく差し出し、送り出しつづけた「手紙」は、放哉の〝今迄句を作つても、投書して了ふほかは、みんな破つて棄てゝ了ふので、この二十年間、……一句も私の句といふものは、私の手許に残つてゐないのです。さういふ私の気性なのです〟(住田蓮車宛、大正十四年一月十九日、須磨寺より、封書)、この放哉のいう〝気性〟によるものなのでしょうが、この葉書のなかの〝火鉢ヲ、カキマはして、ホツ〳〵粉炭の存在ヲ、タヨリにして書く〟の〝ホツ〳〵〟の火の様子、〝カキマは〟す放哉の身体の根のようなところから込み上げてくる動作、仕草が、わたくしたちの心と身体の根のようなところにもしっかりととどくのではないのでしょうか。わたくしはそう思います。

いかがでしたでしょう。〝わがままで、甘えん坊で、見え坊で、酒乱で、狡猾、……〟等々と酷評されることもあって、幼い頃から〝自分が座はつた周囲三方を小さい二枚折の屏風をもち出してカコンで、しまひには上にまで……屏風の小さいのを一枚のせて、マルデ四角な立体の空間を拵らへてその狭い中に座はり込んで、外との交渉を一切たつ〟(住

田蓮車宛、大正十三年八月、須磨寺より、封書）性癖のあった放哉から顔をそむけようとする人が多いこともよく判ります。しかし、こうして、尾崎放哉の句の根のようなところでうごく手足の（単に身体的な意味の手足だけではない、なにかにさわる、ふれる、廻る、掻く、書く、……でしょうか）絶えざる、なにかを挿しつづける、植え込みつづける、……その仕草というよりも、仕業の根のうごきを眼のあたりにして、それにうたれるということが起る、それは、わたくしたちの感覚や本能の根のところで働いている何者かが、それに応えていることなのではないのでしょうか。

わたくしの尾崎放哉についての考えは、これでほぼ、いい尽したと思います。「入れものが無い両手で受ける」は、放哉の身心の根源からの仕草だけではなく、小豆島が〝巡礼の島〟で、〝入れものが無い〟にさらに深い挙動を読みとくことも可能です。「とかげの美しい色がある廃庭」のこの〝色〟、放哉の石の感覚等々、そこまで、さらに遠い道を辿れなかったことは心残りですが、いずれまた、機会を得たいと思います。

最後の句にふれて、終りにいたします。

春の山のうしろから烟が出だした

この句は、放哉が息を引きとった日（大正十五年、一九二六年四月七日）枕元の紙片に書き留められていた、放哉最後の句です。この〝うしろ〟に、わたくしは、放哉のすべてが込められているのを感じます。これは、放哉の無言の挨拶でしょう。書簡から、その空気、仕草、挙措、口調を引いておきましょう。

……「猫柳」……アノ和やかな光りがなんとも云はれず私ハスキだ、アノ大人しいなごやかな、つゝしみ深い、ゐんりよ勝な、柔かな光りを放つ「猫柳」……春の花ですネ……

（島丁哉宛、大正十五年三月六日、南郷庵より、封書）

ウラのお婆サンにたのんで買つてもらつた金二十銭の木瓜の鉢……蕾二ツ咲きましたよ、一ツハ「赤」一ツハ「青」……「白」ダトよいのだが、机の上にのせて見てマス……

（荻原井泉水宛、大正十五年三月三十日、南郷庵より、封書）

最後に読みました放哉の手紙は、師の井泉水に宛てられた手紙でした。〝柔かな光り〟と〝色〟と、〝ウラ、……〟（の愛への挨拶）を、黙って残した、放哉四十二歳。つたない、たどたどしい、……手さぐりの放哉論でしたでしょう。

十　大きな蝶のような言語

——種田山頭火

前回の尾崎放哉につづきまして、同じく無季、自由律の俳人でした、種田山頭火の、……どういったらよいのでしょうね、そう、山頭火の足音のためらい、逡巡、弾み、……まだまだあるでしょう、その足のはこびの微妙に耳を澄ますようにして、……句を読み、日記を繙いてみたいと思います。

こうして、お話しをします糸口か入口を考えていながら、なんでしょう、道端の草の萌える匂いや揺れが、ふと感じられて、歩いて行く、立ちどまっている山頭火の背のあたりに少し近づく気がいたします。そして、草の揺れや匂いを、わたくしたちも山頭火さんの背中ごしにでしょうか、それを感じとっていますせいでしょう、山頭火が先人として敬慕していた芭蕉さんの晩年の句（元禄七年秋、この句が旧暦七月、芭蕉が門人たちに看取られて、大坂で没するのが十月）、

道ほそし相撲《すまふ》とり草《ぐさ》の花の露　　芭蕉

の〝道ほそし〟の〝稠密な眼のひかり〟、そのはたらきが、わたくしたちの脳裡にも、浮かんで来るようです。こうして先人たちの心のゆれと眼のひかりを二重の窓のようにして、わたくしたちも、先人たちのみていたもの、感じていたひかりを、わたくしたちのものにすることが、ときにわたくしたちにもできるのです。〝相撲《すまふ》とり草〟とは「ちからぐさ」とも「菫草《すみれ》」ともいうことがあるらしいのですが、穂のところに結び目をつくって、両方から引いてする童児《こども》たちの遊びに、芭蕉さんの眼は、ほほえむようにして下に伸びていて、そこに、小さな桃源郷、なんともいいあらわせない、美しい光があらわれて来ているのだと思います。〝……の花の露〟の字余りの「の」の働きがすばらしいと思いますのは、わたくしだけでしょうか、……。勿論、山頭火さんには、芭蕉さんほどの幽玄、玄妙は望むべくもありません。しかし、芭蕉さんの裂帛《れっぱく》の初五、……（〝裂帛の〟と形容しましたのは、何処か途方もないところから、恐

種田山頭火

しい程の他界からの声として聞こえる、……ということをいいたかったのですが、……）

　道ほそし

という声が聞こえますときに、わたくしたちが目の奥に目撃します、眼のひかりの畝《うね》のような場所に、山頭火はまぎれもなく佇んでいるのだとわたくしは思います。（いま、ふと、〝畝《うね》〟〝耕《たがや》す〟〝土〟の連想によって、気がついたことですが、……）そういえば、初期の俳号田螺公と並ぶ、山頭火のもうひとつの名（四十三歳、熊本で酒に酔って電車の前に立ちふさがるという武勇伝、椿事の次の年、出家得度したときの名）山頭火の別名は、耕畝《こうほ》というものでした。

田螺公（たにし）
山頭火（何処か山の上の墓の火）
耕畝（うねをつくる、たがやす）

なんでしょうか。こうして名を並べてみて、口に入れて囀《てん》ずる（舞楽などで詩句を調詠すること）ようにしていますと、土の香りと、なんだか牛が道に立ちふさがっているような、そんな景色が浮かんで来るようです。禅の「十牛図」（中国北宋時代、禅の修行の過程を、牛飼いと牛になぞらえて絵詞にしたもの）のイメージも僅かにここから湧いて来る気もいたしますが、むしろ、山頭火自身が牛のイメージに近い。どうでしょうか、これはわたくしの半ばイメージ遊びに近いものですが、どこか山頭火には遊びを自由にさせる、ユーモアでも滑稽でもない、愚とか大愚とか仏教、禅の言葉でわたくしたちもときおり眼にすることもありますが、その愚を〝おろか〟というよりも〝ゆっくり〟〝おそく〟、そうして、進行形の *ing* をつけて、こんな英語はないのでしょうが〝*becoming fool*〟あるいはその歩行の弾みを想いえがいて、〝*stepping fool*〟としてみて、「愚行（ぐこう、おろかなおこない）」を歩ませてみるようにしてみますと（わたくしの記述の音楽も、つられて緩やかになって来て）山頭火の歩行の音楽と、わたくしたちを、そこにひきつける、隠れている魅力の秘密の一つもみえだして来るのではないのでしょうか、……。

異例のことになるかも知れませんがと、多少とも、危惧しながらですが、「詩をポケットに」のテキストをわたくしもポケットに入れて、旅の途上でしました経験をお話しさせて下さい。フランスのリヨン第Ⅲ大学での「日本文学」に関する集中講義のとき（二〇〇二年三月二十一日）でした。ちょうど「詩をポケットに」のこの原稿を綴りつつあったということも影響をしているのかも知れません。若いフランス人の多い春の明るい教室で、〝内緒なのですけどね、僕は山頭火よりも尾崎放哉のほうが好きなのですね、……〟と少し冗談をいいながら、山頭火の句を幾つか紹介しようとして、ゆっくりと日本語で（通訳は竹内泰子先生）読みはじめていました。丁寧に丁寧に発語しなければ、……という心構えも、その言葉を聞いていますわたくしの耳にもとどいていました。それで耳も澄むということもたしかにあったのでしょう。そこで山頭火の句の類例のない、そう無類の柔かさ、まるさ、可憐さ、……まだまだあるのでしょう、言葉の麗しい出現に、発語しつつ、わたくしは我を忘れて驚くということが起きていました。山頭火とのこれは再度の出逢いでした。このことを、こんなことがありましたということをご報告したいと思います。こんな句の音楽のながれる場面でした。

へうへうとして水を味ふ

ひとりで蚊にくはれてゐる

生き残つたからだ掻いてゐる

どうしようもないわたしが歩いてゐる

こんなにうまい水があふれてゐる
水音といつしよに里へ下りて来た
しみじみ食べる飯ばかりの飯である
まつたく雲がない笠をぬぎ
酔うてこほろぎと寝てゐたよ
逢ひたい、捨炭《ボタ》山が見えだした
笠も漏りだしたか
うしろすがたのしぐれてゆくか
鉄鉢《てつぱつ》の中へも霰《あられ》

聞いていて下さる方々の耳も澄んで感じられて、中断せずに（途中で、竹内先生によるフランス語訳も挟まないで）一息にゆっくりと、この十三句を読んでいました。読み終ってすぐに、わたくしの得たばかりの感触を、こんなに丁寧に読み、山頭火のあたたかさ、どこにも行くところがなくて、浮かんでいるような心の表現にふれましたのは、おそらくはじめてでした、……と申しましたかどうか、もう定かではありません。しかし、確かに、仏蘭西語という異語の空気に、なんでしょうね、少し暖かい上風に乗って、山頭火の蝶のような、……大きな蝶のような言語が現われでてきたという感触は、本当に確かなものでした。いま、ふとつかいました喩の上風《うはかぜ》は、蕪村の〝うは風に音なき麦をまくらもと〟からですが、山頭火の大きな蝶のような言語は、日本語の上層か最下層に浮かんできている、あるいはさまよっている「俳句」の奥にある口承性というよりも、……もっと、なにか不思議な裸の呟きだ……と考えていて、思い当る場面がありました。それは、山頭火が、四十四歳、「大正十五年四月、解くすべもない惑ひを背負うて、行乞流転の旅に出た」、

分け入つても分け入つても青い山

からはじめられた生涯の旅の、道連れとなり同宿者となった人々の裸の声ではなかった

のでしょうか。山頭火の句や残した声には、山頭火が知らず知らずのうちに耳にし我が声とした、「世間師《せけんし》」と呼ばれた人達の声と息遣いがひそんでいるのだと思われます。その場面に、思い当っていました。あんま兼お遍路さん、若い易者さん、通りすがりの小学生、鋳掛屋さん、飴売りの韓国からの人、虚無僧さん、ブラブラさん、こうして考えて参りますと、山頭火の宇宙には、芭蕉にも伊那の井上井月《せいげつ》にも、放哉にもその姿をみることの出来ない放浪の人々の息遣いが言葉が埋もれている。それが山頭火の耳もとに鳴っていることが判って来るように思われます。いままでになかった〝道連れの文学〟〝道連れの大きな詩〟だろうと思います。山頭火の日記を読むときのなんともいえない親愛の感じもここにつながっていて、一カ所引いてみましょう（『山頭火全集』春陽堂書店より）。


　安宿では——木賃宿では——遍路宿では——

一人一隅、そこに陣取つて、それ〴〵の荷物を始末する。

めい〴〵のおはちを枕許に（人々の御飯）。

一室数人一鉢数人一灯数人。

（中略）

安宿に泊る人はたいがい真裸（大部分はさうである）である、虱がとりつくのを避けるためである、夏はともかく冬はその道の修行が積んでゐないとなか〴〵である……

（「四国遍路日記」昭和十四年十一月七日、傍点山頭火）

木賃宿《きちんやど》を、放浪の仲間たちは、合言葉か符牒のように「木賃《ぼくちん》」といいます。この機会に覚えて下さいますか。「木賃《ぼくちん》、木賃《ぼくちん》、……」響きもいいですね。それと、お読みになられていて気がつかれたと思います、山頭火もどうしてか傍点を沢山振りますですね。こんな派があるかどうか知りませんが、わたくしも傍点派です。傍点を振って、何かを際だたせたい、隈どりのようなものをしてみたい仕草と、そのこころが判る気がいたします。それから、ここはじつに面白い心理といいますか、山頭火もおそらく書きつつ気がついている云い替えがあります。「一人一隅」につづいて、

一室数人一鉢数人一灯数人

今度は、山頭火の日記の中の数にわたくしが傍点を振りました。この数の背後には、行脚の僧の「一笠一鉢一杖」の姿が無数にひそんでいますし、又、山頭火の脳裡には、あるいは心中には、〃もう一笠一鉢というわけにはいかんわな、……〃という声もこめられているのを、わたくしは感じていました。この数、多数性が、山頭火という存在の火なのだと思います。

　さて、ほとんどこれでもう、わたくしなりの貧しい追尾でしたが、この機会にしました山頭火像のあたらしい立ち方、足音のはこびの微妙さ、弾み等々への接近の筋道は、ほぼいい尽したのだと思います。あと二つ、いい残しましたことを申し上げて、今回の山頭火論を、終りにいたしたいと思います。

　ひとつは旅への誘《いざな》いということ。といいましても大げさな旅行ではなしに、ちいさな旅への誘いです。わたくしも、山頭火の墓参に連れて行かれるようにして、小豆島に渡り、気がつくと放哉の墓のまえに立っているということがありました。今回、申し上げたいのは、山頭火の井月《せいげつ》敬慕の心に誘われるように、伊那谷に幕末明治の稀有な俳人、井上井月の跡を訪ねることが出来たという小さな紀行のご報告です。芥川竜之介にあります〝古俳諧の本道を、……〟行った人という言葉や、石川淳氏による『諸国畸人伝』で、僅かにその名と存在を知ってはいましたが、山頭火の（いつもは南国を旅寝していた山頭火が）とても苦労して井月墓前に辿り着いての即吟、

お墓したしくお酒をそゝぐ

お墓撫でさすりつゝ、はるばるまゐりました

駒ヶ根をまへにいつもひとりでしたね

に接しましてから、薄曇りの伊那谷の天地を呼吸するようにして、井月のこれはとても気品のある名吟です、……

降《ふ》るとまで人には見せて花曇り

落栗の座を定めるや窪溜《くぼだま》り

を読む、吟ずる、口にすることの出来ます倖せは、これは格別のものでした。山頭火さんの旅への誘いの心にお礼を申しあげねばなりません。

最後に、山頭火の心中の微妙な境いに、ほんの少し入ってみようと思います。よく知られた、しかしこれも木賃宿《ぼくちん》でとび交っていた、あるいはそっと呟かれていたのでしょう「世間師たち」、庶民の言葉のエッセンスでもあったのでしょう言葉の一つ「ころり往生」にふれて、山頭火はこう書いています。

——私の念願は二つ、たゞ二つある、ほんたうの自分の句を作りあげることがその一つ、そして他の一つはころり往生である、病んでも長く苦しまないで、あれこれと厄介をかけないで、めでたい死を遂げたいのである……

（「其中日記」昭和十四年九月二日、傍点山頭火）

往生、死際に重心をおくなら、山頭火ならずとも万人がいだくこれは希いだろうと思います。しかし、ここでもおそらくまったく無意識にでしょうが、山頭火のしているらしい、もう一人の山頭火の筆のうごき、仕草〝ころり〟〝めでたい〟に振られた傍点に重心を移して、わたくしたちもわたくしたちの生をほんの少し、揺らしてみようとするとき、ほんの少し、芭蕉さんの〝の花の露、……〟のように、景色が変る。おそらく、〝前歩を忘れ後歩を思はない〟（「歩々到着」、「行乞記」昭和五年十一月九日）まるで春の日の澄んだお池で独り裸で立ち泳ぎをしている。そう、山頭火は、歩いて行くこと自体にさす光を、知っていたはずです、……ほとんど、確信して、肯《うん》と、山頭火さんにむかって、うなずくところに辿り着いた気がいたします。

十一　こころの土間に入っていった

——中原中也

これからご一緒して読んでみようと思います、中原中也の詩には、すでにもう、優れた先人文学者の、中原中也を読む眼が重なっていて、その重なりを一緒に読むこともとってもむつかしいことですし、詩に直《じか》に向きあうことも、それも、むつかしい。

そして、たとえば、覚えてしまった詩句、覚えさせられてしまった文句は人によって異なることでしょうが、……たとえば、

愛するものが死んだ時には、
自殺しなけあなりません。

愛するものが死んだ時には、

それより他に、方法がない。

けれどもそれでも、業《ごふ》（?）が深くて、
なほもながらふこともなつたら
奉仕の気持に、なることなんです。
奉仕の気持に、なることなんです。

（「春日狂想」『中原中也全集』角川書店）

中原中也

こんな詩句の調子《トーン》が、というより空気がでしょうか、ときとして記憶の下から、まるで〃自分の考え〃や〃自分の思い〃となって、時折湧いて来ることがわたくしにもあります。

こんな詩人の詩への入口を、どこに求めて、読んでいったらよいのでしょうか。

前回（種田山頭火）の原稿のあとで、しば

らく考え込んでしまっておりました。考えていますと、無数の眼、千の眼が背後から覗いていて、……という表現が、わたくしの言葉の海のようなところに浮かんで来ていました。そしてさらに考えて行きますと、先程、詩に直に向きあうことがむつかしい、……と申しましたが、それもその筈です、〝自分が詩人であることに絶対の自信を持っていた〟〝彼の感性は、最後まで異様に澄みきっていた〟（ともに戦後の現代詩を主導した鮎川信夫氏の評言。現代詩文庫『中原中也詩集』思潮社）その中原中也が、短かい人生（三十歳と六カ月）、しかし、何処にもかつて吹いたことのないこころの風を吹かせて亡くなりましたのは、昭和十二年（一九三七年）のことでした。ですから、中也のこころを吹く風の、……たとえば、

　幾時代かがありまして
　　茶色い戦争ありました
　幾時代かがありまして
　　冬は疾風吹きました
　幾時代かがありまして

今夜此処《ここ》での一《ひ》と殷盛《さか》り
　今夜此処での一と殷盛り

サーカス小屋は高い梁《はり》
　そこに一つのブランコだ
見えるともないブランコだ

頭倒《さか》さに手を垂れて
　汚れ木綿の屋蓋《やね》のもと
ゆあーん　ゆよーん　ゆやゆよん

それの近くの白い灯が
　安値《やす》いリボンと息を吐き

観客様はみな鰯
　咽喉《のんど》が鳴ります牡蠣殻《かきがら》と
ゆあーん　ゆよーん　ゆやゆよん

（「サーカス」）

こうした〝無限の前に腕を振る〟（「盲目の秋」）無類に正直で、本当の風の吹き方を、わたくしたちは頻に、わたくしたちのこころの傷のようなところに、そう、まるで〝お薬《くすり》の風〟かエーテルのように、わたくしたちも感じるのだと思います。しかし、その〝風〟の吹き方は、現代のわたくしたちにとっては、よく考えてみると、少し違和といいますか、微妙な遠さ、へだたりを孕んでいるのだとわたくしは思います。

ただその違和や風の吹き方（わたくしは、このいい方で、無意識に、中也の詩の持つ〝テムポ〟のことをいっているのかも知れませんが、……）の遠さをいい当てるのはとても難しいことです。

書いてしまったのでもう消しませんが、〝お薬《くすり》のように〟といういい方に、中也さんが生きていたら、眼を剝くかも知れません。そうですね、それなら〝大伽藍のように〟といい直しましょうか。そうか、どうやら、

頭倒《さか》さに手を垂れて
汚れ木綿の屋蓋《やね》のもと

には、大伽藍に似た、ありうべからざる巨きな宇宙と、ほんの手もとのものたちとの交通が生じていて、詩人中也の心の状態が、サーカスの綱や天幕とともに揺れているのですね。

中原中也の詩を前に、逡巡し、背後に、暗い、千の眼が覗いているのを感じつつ、直に、その詩に向きあうことがむつかしい、……といいながら、詩篇に接すると間髪を入れずに吹いてくるこの風は、いったい何なのでしょうか。いま、ふと、触りました、みえない伽藍、大伽藍にひきつけて言葉をさがしてみますが、そう、破れた心宮を吹く途方もない風、……それをわたくしたちは（わたくしたちのこころも）感じているらしい。

〝汚れ木綿〟や〝安値いリボン〟や〝観客様はみな鰯〟、……こんな生活の微物が、不滅の光を放っていて、これは中也市場（スーク）ですね、中原中也が詩に書いて残してくれていなければ、わたくしたちのものとは決してならなかったであろう〝慰安〟と〝平安〟を、こころに感ずるのだと思います。

中原中也が生れましたのは、明治四十年（一九〇七年）の四月二十九日、山口県、いまの山口市湯田温泉、中也《ちゅうや》という名前は、そのとき旅順の病院に軍医として勤務していた父謙助が、上官の「中村六也」さんからとったのだということです。不思議なことをするものです。いまはきっと、そんな言語感覚がなくなって来ていて、わたしたちが奇異に感ずるようになってしまった、……。お母さんは福さん。

山口はフランシスコ・ザビエル由縁の地でもありますが、小京都とも呼ばれる、穏やかで美しい盆地、SLで有名になりました、津和野へ行きます山口線の小郡《おごおり》から六つ目、山口の一つ手前の駅が湯田温泉です。

詩人や作家の生れた土地を訪ねたり、この中也さんの場合、本当にこの人の故郷の風光は詩のなかのじつに生々とした空気となって揺れているのですが、……詩人や作家を育んだ土地の機微に触れることは、書物の圧力、専制、支配から離れるための、わたくしは、大切な「読書」の一つの仕草なのだと思います。

よりよく「読書」するために、わたくしたちはとても贅沢な「旅」をするのかも知れません。

詩のなかのありえない風の皺のような旅、……。中也さんの詩の謎をとくことの出来る、この〝皺〟については、後述いたします。

逝《ゆ》く夏の歌

並木の梢《こずえ》が深く息を吸つて、
空は高く高く、それを見てゐた。
日の照る砂地に落ちてゐた硝子《ガラス》を、

歩み来た旅人は周章《あわ》てて見付けた。

山の端は、澄んで澄んで、
金魚や娘の口の中を清くする。
飛んでくるあの飛行機には、
昨日私が昆虫の涙を塗つておいた。

風はリボンを空に送り、
私は嘗《かつ》て陥落した海のことを
その浪のことを語らうと思ふ。

騎兵聯隊や上肢の運動や、
下級官吏の赤靴《あかぐつ》のことや、
山沿ひの道を乗手《のりて》もなく行く
自転車のことを語らうと思ふ。

終りの行の〝山沿ひの道を乗手《のりて》もなく行く／自転車〟も、第二連の〝山の端は、澄んで澄んで〃の空気感も神業のようですが、〃飛行機には、／昨日私が昆虫の涙を塗つておいた〃という行は、このときこの（時代と歴史の）空気のなかで、中也によってしか書かれることのなかった一行だと思います。ことに〃涙を塗つておいた〃が、おそらく、中原中也の詩の核心にある仕草です。この行を、記憶のポケットに入れて戦場に行った若い兵士もきっといたことでしょう。〃山沿ひの道を乗手《のりて》もなく行く／自転車〃の夢をもまた、みていたのではないでしょうか、……。

先程、覚えてられますでしょうか、少し口籠りながら、中也の詩への違和と微妙な遠さ、へだたりが感じられると申しましたが、こうして、詩の細道を、無言で前進する（〃無言ながら　前進します／自《みづか》らの　静脈管の中へです〃「春の日の夕暮」）運動に出逢い、もう、ここにしか住家を持たない、ものたち、微物たち、赤児のような、神業のごとき中也のした仕草の跡に出逢うとき、その〃へだたり〃〃遠さ〃が、まぎれもない、中也にとっての永遠の現在であったらしいことが、朧気ながらも判るように思います。そういえば、中也さんの詩篇のなかの空気やものの色はいつも少し銹《さび》ている。この人が少し〃塗つた〃〃塗つておいた、……〃命の色なのか、……。そうして読むと、

幾時代かがありまして
　茶色い戦争ありました

汚れつちまつた悲しみに、……

の、こころの色も、思いがけず、少し判って来るようです。もう少し詩篇を読み込んでいきましょう。〞塗つておいた涙〞をこころにして、いつも、少し〞銹《さび》〞をみつめているような中也さんのこころを念頭において、次の詩を読むとき、どんな魂の仕草があらわれて来るのか、赤児が赤児に、自分で呼びかける声が顕って来るのか、それを読んでみたいと思います。(「序」でも、ここに、触れておりました、……)

骨

ホラホラ、これが僕の骨だ、
生きてゐた時の苦労にみちた
あのけがらはしい肉を破つて、
しらじらと雨に洗はれ
ヌツクと出た、骨の尖《さき》。

それは光沢もない、

ただいたづらにしらじらと、
雨を吸収する、
風に吹かれる、
幾分空を反映する。

生きてゐた時に、
これが食堂の雑踏の中に、
坐つてゐたこともある、
みつばのおしたしを食つたこともある、
と思へばなんとも可笑《をか》しい。

ホラホラ、これが僕の骨――
見てゐるのは僕？　可笑しなことだ。
霊魂はあとに残つて、
また骨の処にやつて来て、
見てゐるのかしら？

故郷《ふるさと》の小川のへりに、
半ばは枯れた草に立つて
見てゐるのは、――僕？
恰度《ちやうど》立札ほどの高さに、
骨はしらじらととんがつてゐる。

さきほども触れましたが、優れた中原中也論を書いています鮎川信夫氏は、〝「ホラホラ、これが僕の骨だ、」という詩句がさきに浮んだということも考えられないこともないが、そこを起点として「恰度立札ほどの高さ」という喩的表現に到達したと推理するのは、作詩術の上から言って中原式ではないし、無理がある。それよりは、自分の身丈ほどの高さの「立札」から「ホラホラ、これが僕の骨だ、」というちょっとおどけた表現の発想が生じた、……〟（前出『中原中也詩集』）と論じています。これを覚えておいていただいた上で、少し踏み込みすぎることになるのかと恐れますが、中原中也のこころの土間のようなところに入っていってみたいと思います。わたくしで出来るかどうか判りませんが、……。〝塗つておいた、……〟〝少し錆《さび》ている〟ことに気がついていましたが、ここに中也がごくごく幼いときから三十歳で亡くなるまで、終生つづけてきた〝こころのなかの遣り取り〟があったようです。それがじつに独特でしかも、ここが中也の天才ですが、それに自覚的なのです。中也はそれを〝*exchange*（交換）〟と、名付けていました。

「あんよが出来出す一寸前頃は、一寸の油断もならないので、行李の蓋底におしいめを沢山敷いて、その中に入れといたものだが、するとそのおしめを一枚々々、行李の外へ出して、それを全部出し終ると、今度はまたそれを一枚々々、行李の中へ入れたものだよ。」（中也の母の言葉。引用者注）――さう云はれてみれば今でも自分のそんな癖はあつて、なにかそれはexchangeといふことの面白さだと思ふのだが、それは今私も子供を持つて、やつと誕生を迎へたばかりのその子供が、硝子のこちらでバアといつて母親を見て、直ぐ次には硝子のあちら側からバアといつて笑ひ興ずる、そのことにも思ひ合されて自分には面白いことなのだが、それは何か化学的といふよりも物理的な気質の或物を現はしてはゐまいか。その後四つ五つとなると、私は大概の玩具よりも遥かに釘だの戸車《とぐるま》だの卦算《けさん》だのを愛するやうになるのだが、それは何かうまく云へないまでも大変我乍ら好もしいことのやうに思はれてならない。何かそれは、現実的な理想家気質――とでもいふやうなものではないのか。

（「一つの境涯」前出『中原中也全集』第三巻）

文中の中也のいう〝面白さ〟が彼のこころの、……あるいは彼の詩を支えているキー・

ワードなのかも知れません。幼な児のする、笑い興ずる、周囲のもの、釘や戸車やトタンやブリキとの〝遣り取り〟。〝ホラホラ、これが僕の骨だ〟の〝ホラホラ〟に、はっきりとその中也のこころの奥底の声が聞こえます。これがじつに魅力的です。

私が昆虫の涙を塗つておいた。

にも、

トタンがセンベイ食べて
春の日の夕暮は穏かです
アンダースローされた灰が蒼ざめて
春の日の夕暮は静かです

（「春の日の夕暮」）

にも、詩の薄皮が世界に漲っている。誰の手でしょう、こんな奇蹟的な軽さの〝アンダースローされた灰〟を投げたのは。

十二　安東次男「危機の書」

——「花々」から中原中也へ

とても、苦しんで辿りましたが、中原中也の一回分を途中に挟みましたが、前々回は、山頭火の歩き方の思いがけない、繊細、微妙さ、……（このいい方は、*delicate* を辞書を引いて、そこから引きだして来たいい方でした）に気がついておりましたが、いかがでしたでしょうか？

〝前歩を忘れ後歩を思わない、歩々到着、……〟山頭火さんの歩き方は、踏みしめます一歩一歩が、夢のなかで踏みますスキップ（片足ずつ交互にかるく飛びはねながら行く、子供たちのしました遊戯、……もうこんなことは、子供たちもしないようになったのでしょうね、……）どことなくこのスキップに似ていて、ふと、わたくしは、……

まるで春の日の澄んだお池で独り裸で立ち泳ぎをしているような、……

という喩というかある情景を、だれもみていない旅の途上の山頭火の後姿に、思い浮かべておりました。覚えてられるでしょうか？

喩、比喩、……たとえば、……と考えを遊ばせてみることといったらよいのでしょう、連想をしばらくの間、たもつ、ささえる、しばらくの間、維持してみることも、これは中々にむつかしいことでしょうが、それもわたくしたちの命にとってとても大切な、喪ってはならない動作、為事（しごと）、*doing*——行ないなのでしょうね。

そして、ふと、それを思いだして言葉にしてみて、意識していなかったこころの水勢（水の勢い）や、その水の響きに気がつくということも起るようです。

ほほ笑みながら、……〝スキップしてる山頭火〟といってみて、その刹那に、わたくしたちは山頭火の孤独にも、又、わたくしたちの孤独にも気がついていたのではなかったでしょうか。

さて、今回も、前回につづいて読んでみたいと思います、詩人、中原中也も、意外と思われる方が多いと思いますが、山頭火と故里をともにする詩人でした。中也の故郷、山口県の山口市湯田《ゆだ》に山頭火も縁があって、しばらくここに足をとめ、中原家との交流もあったようです。

中也の詩のなかを吹いている風と、山頭火が呼吸していたであろう風が似ているというのではなく、中原中也の風と心の皺《しわ》のなかに、山頭火の笠と鉄鉢と杖を携えて行く姿を思いえがいてみる、もうひとつの想像を可能にする余地があるということです。

まったくタイプの異なる二人をかさねあわせるようにしてみたときに覚える不思議な自在さ自由感、……それを、いま、〝余地〟という言葉で、これは中也さんのときにも使っていましたが、それをいい当てようとしていたのかも知れません。

もうひとつ、この講座「詩をポケットに」のこれも旅の途上で喪いました、戦後の詩人で、田村隆一、吉岡実とともに、この両詩人が戦後詩の核心部分を作品化したのとは違ったところで、詩の深い鉱脈を掘った詩人、安東次男《つぐお》氏にふれさせて下さい。

二〇〇二年四月九日、この年のすこし早い春の花の季節にその歩調を合わせるかのように、八十二歳の〝長く、深い、ぎりぎりの旅〟の生涯を、終えられました。この〝長く、深い、ぎりぎりの、……〟という言葉は、東京信濃町の千日谷会堂での四月十六日の告別式での弔辞でわたくしの使った言葉でした。逝く人は、亡くなって行く人は、〝特別のとき〟を、残された者にあたえます。〝ぎりぎりのところにまで作品成立を問いつめるその筆のはこび〟は、難解というよりも極度に緊張を孕んだ、余人をもってはかえがたい、独自の風格をもつに至っていました。蕪村論には、画期的なその着想で並みいる文人たち（佐藤春夫氏ら）を驚かせた『澱河歌《でんがか》の周辺』（一九六二年）があり、流火艸堂の名での句集、句作もありました。なかでも、『芭蕉七部集評釈』、……これはやはり〝長く、深い、……〟影響を受けましたもののひとりとして、慎重に、しかし手さぐりで、その影響の内実をしめす言葉をつかむようにしなければなりません。

フデのはこびを少し遅くしてあらわれていました、この〝つかむこと〟が、安東次男氏の詩心が芯のところで伝えよう、教えようと、あるいは、安東次男氏自らも自らの胸中の音楽（〝籠手《こて》〟のようなもの）としたものであったのかも知れません。岡山県津山市に、一九一九年（大正八年）に生れ、第三高等学校を経て東大の経済学部卒業、そして、兵役。海軍大尉として、駆逐艦に乗船していた筈です。二、三行前で、イメージと喩を重ねるようにして〝胸中の音楽（〝籠手〟のようなもの）〟と、ふと、いいましたのも、安東次男氏が親しんだであろう〝しない（竹製の稽古刀、もともとは「撓竹《しないたけ》」から）〟を思い出してのことでした。いまのこのわたくしの仕草は咄嗟のものですが、安東次男氏の詩業には、このものの手触りを〝つかむ〟、ぎりぎりの軋み、うめき、危機、告発、断念等々がひしめいていました、……。それはまるで、宝石の別のカットが光りだして、わたくしたちに、ありありとそれをみせるということが、先程申し上げました、逝く人が、この世から去って行く人が、この世やわたくしたち

安東次男

に残す〝特別のとき〟のひかりだと、わたくしは考えておりました。「詩をポケットに」の今回の原稿を書いていますいまも、その〝特別のとき〟のひかりのなかに、わたくしはいるのだと思います。とても情景を思い浮かべるのがむつかしい、「魞替の竹にこだはるしぐれかな」という句があります。この竹の触感、魞《えり》（漁具の一つ、魚の通る場所に立てて置く竹の簀《す》）替《がえ》ですから、竹も古びたのと新しいのと。安東次男さんが亡くなられて、告別式までの日々、一心にこれからふれます中也論や詩、芭蕉やランボー論を読んでいきますと、さきほど申しました、切迫したぎりぎりの危機に直面した精神がつかんだ〝もののひかり〟や佇いが〝ありありと、……〟みえて来るということが起っていました。俳句もそうでした。

魞替の竹にこだはるしぐれかな

清新で、しかし、どこかで執心を手離そうとしない、深いこころの眼差しが、こうして、〝ようやくありありと、……〟は、奇妙ないい方ですが、みえてくるということが起っていました。そして、無言で、俳句とはこのようなものだ、……という声を、何処か遠くからとどけられるように感じていました。俳句とは、深いところのこころの劇（ドラマ）である筈なのです。口語自由詩（現代詩）のフデを断ち、その理由を問われるたびに、芭蕉評釈や句作りが、オレの詩だと語った詩人の胸中が、いま、籠手《こて》から思いの空気を辿るようにして読んだ句からも、その真意がみえる気がいたしました。

追悼のこころも込めて、二句ほど（わたくしの好きな句を）読むことをお許し下さい。

足入れて二揺《えう》一揺初湯かな

牡丹雪平脱《へいだつ》とこそ云ふべけれ

〝平脱《へいだつ》〟は、平文《ひょうもん》ともいいます漆塗りの技法で、金銀の薄いものを文様に切って埋め、それを研ぎ出すことをいうのだそうです。漆塗り職人の手元と、寒いときの空気と古い家の格子が眼の前に浮かびます。その窓にゆっくりと下りて来るユキ。平らかさ、静けさ、物音が眼目ですね。初湯《うぶゆ》も平脱《へいだつ》も牡丹《ぼたん》も濁音。言葉のみえない仕草、身ぶるいが、潜んでいて、麗しい。

こうした、一現代詩人の〝長く、深い、ぎりぎりの旅〟を通してしか本当は、「古典」にも、古人の心にもちかづくことは出来ないのだということを、わたくしは安東次男氏から学んだのだと思います。ここでは触れることが出来ませんが、安東氏の四十年にわたる芭蕉評釈を貫く基調低音も、〝ぎりぎりの怒りにまで追いつめられた、……〟いわば、精神の危機に発していたのです。その安東次男氏の初期に、こんな作品がありました。

花々

陽は温暖に降り洒ぎ、風は花々揺つてゐた　中原中也

ぺしやっというのは
おれの
つぶれるおとだ
ぺしやっというのは
かこの
おれの
にんげんのなかに
いすをもたなかつた
おとだ
それはこうそくどきかいとベルトのなかで
はかれた
みじゆくなおうとのおとだ

それはけつしてみらいえいごう
ほろんではならない
なにものかであることを
おれにおしえ
ほろんでしまつて
もうなにもいえなくなつた
なかまの
それこそぺしやっとした
こえやからだのいちぶぶんが
なんのためにほろんだのかを
いやおうなしにおしつけてくるおとだ
そとできいろいかぜがふき
うすつぺらなトタンいたの
やねがめくれ
しやりんのはずれたリヤカーが
ひつくりかえり
いんしようてきにひんまがつて

さびつちよろけの
てつのぼうが
ほねのようにあそんでいるが
それだけではなんということも
ありはしない
こんりんざいありはしない
ひはおんだんにふりそそぎ
かぜははなばなゆつているが
それだけでも
どうなるものでもない
まだまだどこかに
しやくねつのおびもあり
そこにみちみちた
くらさもあり
そのみちみちたものに
がむしやらにぺしやっというおとが
かさなりあいながれでた

どろどろしたものに
あいつはうめきながら
ほんとうにぺしやつとなつてしまつたのだ
ということをまのあたりにじかにみて
ほろんだのは
おれやおれたちの
なかまではないということを
わかつたら
あいつがもつていた
うぶさにかけて
しようのないあいじようを
もいちどしやんと
しなおすことだ
そんなときだ
ほんとうに
　ヒガオンダンニフリソソギ
カゼガハナバナユツテイルノハ。

（『安東次男著作集』青土社）

最終二行の中原中也は、……おそらく安東氏の愛唱していたでしょう詩句。その詩句と〃トタン〃と〃リヤカー〃のほかは、六十三行、すべて「ひらがな」表記です。どこもとばしては読めない、心中のおそらく本音の響きです。ことに〃ぺしゃっと〃が決定的です。この音を、わたくしたちは忘れようとしているのではないかという〃いたいような（痛苦の）思い〃のなかに、もういちど、わたくしたちのこころのなかで〃ぺしゃっと〃いう音が生れ直す、それが、この詩篇を読むことなのだと思います。そして、思いがけずも先程この詩人の俳句を読んでいまして、その内部の物音に多少ふれましたせいでしょうか、終行近くの〃うぶさ〃が、そしてふたたび〃ぺしゃっ〃が、胸の底に残るのを感じます。今回の最初にも申しましたが、とても苦しんで辿りました、中原中也さんへの遥かな旅路の一つの着地点に、こうして立ったのだと思われます。

さて、中原中也の〃皺の論〃と、安東次男氏が愛唱していたと思われます、中也の詩「ゆきてかへらぬ――京都――」を紹介して、今回は、お仕舞いにいたします。二回にわたりました、中也さんをめぐっての遠い旅でした。

生きることは老の皺を呼ぶことになると同一の理で想ふことは想ふこと〻しての皺を作

す。想ふことを想ふことは出来ないが想つたので出来た皺に就いては想ふことが出来る。
私は詩《うた》はこの皺に因るものと思つてゐる。……

（「小詩論　小林秀雄に」『中原中也全集』第三巻、角川書店）

これはとても面白いものです。わたくしたちも、貧しいものながら、わたくしたちの思いの皺を通ってここまで辿り着いたのかも知れません。では、最後に、中也さんの「ゆきてかへらぬ——京都——」を。

僕は此の世の果てにゐた。陽は温暖に降り洒《そそ》ぎ、風は花々揺つてゐた。

木橋の、埃りは終日、沈黙し、ポストは終日赫々《あかあか》と、風車を付けた乳母車、いつも街上に停つてゐた。

棲む人達は子供等は、街上に見えず、僕に一人の縁者《みより》なく、風信機《かざみ》の上の空の色、時々見るのが仕事であつた。

遠いところにいる中也さんですね。

十三　二重三重の遠い歩行

――折口信夫Ⅰ

これから、この「詩をポケットに」で、お話しをしてみたい折口信夫は、ご紹介の仕方も、残されたお仕事への入門の作法も、とても一筋縄ではいかない、入口でもう、語り手の方が立ち竦むか、立往生をしてしまうような、深い鬱屈を秘めている、異貌の学匠詩人、歌人、一代の鬼才といっても過言ではない人です。

まず大阪の人。折口さんは、骨の髄からの大阪人《びと》であったということを知っておいて下さると嬉しい、……。

はじめから、なんでしょうか、わたくし自身でも分析してみるのが難かしい〝贔屓にする、隠しようのない気持〟が、〝……して下さると嬉しい、……〟といういい方にふとのぞいてしまったようです。お詫びをしつつ、折口さんの歩んで行かれた世界に、少しでも連立つことが出来ますように、その連立つ刹那を、求めているのかも知れませんが、慎重にお話しして行きたいと思います。

いま、わたくしが言葉に迷って、つかいました〝連立《つれだ》つ〟ということが、幻想をともにするということ、そして「詩をポケットに」ということなのかも知れません。

これから、僅かずつ、なにゆえに、〝連立つ〟心が、たとえばわたくしの内から、誘い出されて来たのか、〝初めて生まれてきた心〟を、これが詩心なのだと感じたこと、そのことをも、折口信夫の生涯とともに詳しく語らなければなりません。それは途方もない難事であるとともに、それを語ることが、避けては通ることの出来ない、語り手たるわたくしの責任であるのかも知れないのです。

折口信夫さんは傷ついた人でした、……。壊れかけたこころ、こころの傷を、沢山に隠していた、……。今回のこの折口論は、この〝傷ついた人〟の、人知れぬ旅路と歌と出逢いと孤独、そして独自の学風へのアプローチなのだと考えてもおります。勿論、傷ついたこころに近づくとき、その近づいたものも又、手傷を負います。一冊の論集（『生涯は夢の中径《ナカミチ》――折口信夫と歩行』思潮社）を薄氷をふむようなといういい方がありますが、それに近い感じで二年半程前（一九九九年十二月）に上梓して、本を出すということは、ある世界の一部と痛みを分けもつことであることがわたくしにも、こころに染み込むように感じられてきていました、……。「本」にかぎらずに、言葉をあつかうことも又、この痛みにふれることなのかも知れません。

これもまた〝旅〟なのでしょう。遠い〝旅〟です。

さて、これから、初めての試みをしてみたいと思います。次の回にふれますが、折口さんのラジオ講演が、その当時聞いてられた方々の耳に、強い印象を残したらしいことがこの〝試み〟をしてみます理由の一つです。もう一つは、折口さんの残された文章には、講演や講話が数多くあります。つまり聞いてられた方々の耳を想像することも求められる、とても面白い、……ですが、複雑な文章を、折口さんは残されたわけです。

これから辿ります「テキスト」(「折口信夫と歩行」)は、わたくしが仏蘭西のストラスブールとパリのそれぞれの大学でいたしました講演の折のものです。それに耳を傾けて下さっていました、主に、仏蘭西の学者さんの方々の〝聞いて下さっていた空気〟も、ともにここでおつたえしようとしております。ですから、どうぞ、その時に、仏蘭西語に同時通訳の方(とくにストラスブールのマルク・ブロック大学では、広田京子氏の仕事振りに、傍で我を忘れて、驚異の眼を向けていました)が、寄り添うようにしていましたことに、どうぞ、留意を、心をとめるようにして下さるように、おねがいをしておきたいと思います。はじめてしてみます、声の複数化のこうした試みが「折口信夫」のいまだ審らかにされていない境界への入口となるのではないかという予感を、わたくしは持っておりますこと、それを申し上げて、わたくしもわたくしの声の記憶を織り込んで行きますようにして、語りすすめて参りたいと思います。

折口信夫の、歌人としての名は釈《しゃく》 迢空《ちょうくう》といいます。明治二十年（一八八七年）大阪に生まれ、昭和二十八年（一九五三年）、六十六歳で亡くなりました、異能の国文学者、歌人、民俗学者でした、……。〝異能の、……〟と形容いたしましたのは、字義的にもたしかに〝一風変った独特の能力〟をもっていた人物ともいえますが、もう少々強いいい方をしますと〝毀誉褒貶《きよほうへん》〟のかまびすしい、あるいははげしい反応を、あるいは反感を引きおこす学者、文人、歌人であったのだ、……ということがはっきりといえるのだと思います。

折口信夫

先達（一九九九年七月）、自殺されました、現代日本を代表します文芸評論家の江藤淳氏も、折口信夫の小説の代表的な作品であります『死者の書』（昭和十三年、一九三八年執筆開始、昭和十八年、一九四三年刊行）を、今回のお話しの終りに少し立ち入って論じたいと思っておりますが、――じつに異様な雰囲気をもつ作品で、愛読者も多いのですが、……これを江藤淳氏は、〝不健康、……〟の一語で否定していましたことを印象深く覚えています。生前に幾度か逢ったことがある筈の三島由紀夫さんの評価も、この江藤淳氏のいい方に近いものであったと思います。

鑽仰者といっていいほどの人もいるのですが、……わたくしもそのひとりということになるのかも知れません、……。

そうでした、……去年の十二月に『生涯は夢の中径――折口信夫と歩行』と題しますこの書物（手にしてさし上げて、……）を刊行しまして、書評がいくつか出ておりますが、若い三十代の詩人、尖鋭な評者の「書評／コラム」が、ちょうど四、五日前に、仏蘭西のわたくしの宿に*fax*で送られて参りました。この「小文」には、先程申し上げました〝毀誉褒貶〟の微妙なトーンと空気が含まれて居ると思いますし、こんな機会、態々、卓越した通訳者、……と評価のたかい広田京子氏とご相談しつつ、パリのお宅に*fax*をおくりするという機会に恵まれておりますので、短かいですがその一部分に特徴的な、折口論のしるしになりますようなイメージと言葉がありましたので、それをご紹介してみたいと思います。

論者は、永原孝道氏。おそらくこれからの「現代詩」の未来を背負う気鋭の詩人です。標題は、「折口を、揮発させるために」、……。短かい引用で恐縮ですが、文中に、こんな部分がありました。

他者の言葉に寄り添い、浸透し、ゆるやかに解体していく試み。ただでさえなまなましい想いのこもった折口の言葉を、さらになまなましく想いをこめて攪拌し、増幅させ、多義的に朧げにする。折口の歌を吉増の詩が、揮発させる……

（「週刊読書人」二〇〇〇年三月十日号）

文中にあります〝揮発させる、……〟といういい方というよりも「ヴィジョン」ともいえそうなものがとても面白いものです。仏蘭西語ではどう響きますのでしょうか。〝蒸気《スチーム》〟よりも、少し匂いのあるような〝麻酔〟か〝麻酔をかけられる、……〟（英語でいう〝*ether-ize*〟に近いのでしょうか、……）なのでしょうか。この〝語〟とはまったく関連はありませんが、……折口の大阪木津（本人は場末といいますが、……）の生家の家業は、生薬《きぐすり》屋《や》さん＋雑貨屋さんだったのだそうです。折口自身も、コカインを常用し、夢と薬物によって、思考を、なんといったらよいでしょうか、それによって思考を染めるようにする、……そうした性癖がありましたことをつけ加えておこうと思います。そうして、折口信夫への根の深い反発と反感は、……そこに（〝その反発と反感に、……〟）引きよせられる〝わたくし〟を、わたくし自身、なんと変な気質の奴だろう、……と思いますが、折口への反発の根には、彼が非常に深く民俗に根ざしていたということがあげられるのだと思います。

それと「大阪人」であること。この二つがわたくしの今日お話しいたします「折口論」の柱なのです。

さて〝大阪人〟と〝深く民俗に根ざしていた〟ということ、そこに入って行きます前に、この複雑多岐に傷ついた人、……複雑多岐に傷ついた人、……の家（家族構成は、曾祖母、祖母、父母、叔母二人、姉一人）における女系家族の、自分だけが三人の兄（三人の兄とは名前のつけかたがちがうこと）と「母」がちがうのではないか、……という疑念、……。「静」「順」「進」につづいて自分だけが信夫《のぶを》……、自分からが、名付け方が異っていること、そしてある意味で決定的だったのは、七年後に生れた双生児の弟は同居する叔母のゆ
う
と父秀太郎との間に生まれたということでした。加えて虚弱体質（わたくしも、中学校、大阪の天王寺中学校というところですが、そこまで行って、残っています身体検査表をみて判りました、弱い子でした、……）での落第と、それが複雑に折りかさなっています。十五歳の頃に二度の自殺未遂があります。さらに加えて少年の折口はある日木登りの木から落ちて睾丸を傷つけています。民俗学の柳田国男と並ぶ、この人は巨魁、天才ですが、南方熊楠は折口信夫について「大阪の人にて、少時木から落ちたか何かで、きんだまを二つ共全く潰《つぶ》し、天成《てんせい》の閹者《えんしゃ》なり」（宮武省三宛書簡、一九二四年三月二十一日付。──『南方熊楠を知る事典』講談社現代新書より）と記しています。なんというい方をされたことでしょう。「閹者《えんしゃ》」とは、去勢されました宦官《かんがん》のことです。女系家族の中での育

てられ方も、娘のような赤い着物を着せられていたということです。折口さんの淋しさの根といいますか、「暗冥の心因」の条件はもうこの位にしておきますが、最後にもうひとつだけ。お顔はこういう感じですが（本のカバーを示しました、……）右の眉から鼻筋にかけて、鮮明な青痣《あおあざ》があって、悪童たちに囃され冷かされたのでしょうね、インキ、インク、……と、それを、十五歳頃のことですが（立って黒板に書く、……）、

靄遠渓《あいえんけい》

という言語に変換しています。淋しい、……辞書を読みふける少年という面もあらわれていますが、折口信夫における天才的な言語感覚の一端が、すでにここに顔をのぞかせているのをわたくしは感じます。〝眉間《マナカヒ》の青あざひとつ　消すゝべも知らで過ぎにし、……〟と歌の〝青あざ〟の青の色とインクの匂い、……そしてこの言語感覚にある〝靄《もや》〟と遠い谷間の水音のことを考えていたときに、ふと、……折口さんが、生涯口《くち》をとざして語ることがなかったといわれます、歌人としての名、

釈《しゃく》迢空《ちょうくう》　又は釈《しゃく》の迢空《ちょうくう》

の命名のといいますか、言語感覚（〃迢《ちょう》＝空《くう》〃、……）、途方もない〃遠さ〃へ行こうとしている〃心〃の空気が、……〃心の空気、……〃とは妙ないい方ですが、……それが、ふと、判ったような気がしておりました。「釈」は、釈迦の弟子という意味ですし、「釈」《と》くという意味もありますが、どちらかというと死の匂いのする字の姿です。これは遠い、わたくしの直観ですが、折口さんの脳裡には、おなじ大阪出身で江戸前期の国学者、『万葉代匠記』を著しました、

釈契沖《しゃくけいちゅう》（〃僧契沖《そうけいちゅう》〃とも呼びますが、……）

の俤に、その名が接している気がします。契沖も若き日に、二十五、六歳のころだといいます、……室生寺で、巌《いわお》に頭を打ちつけて死のうとしたほど苦しんだ、……。それを十八歳のころ一人で室生まで行った折口信夫は知っていたはずです。いまこの原稿を綴りながら今朝電子辞書を叩いてみましたら、（字《あざな》は、……

空心

、……）という表示が顕れて来ていました。

さて、大阪に参ります。

折口信夫は大阪木津（〝場末〟とも〝島だった〟とも折口はいいますが、……）に生まれまして、大阪の土と空気を全身に沁み込ませるようにして育ちます。木津から、育英高等小学校へ通うのですが、盛り場の難波、道頓堀、千日前を通って、折口自身の言葉をかりますと〝一里を千日前、道頓堀及び、所謂南地《ミナミ》五花街《ハナマチ》を経《ヘ》、出来るだけ時間をかけて往き返りした〟（「自撰年譜」、『折口信夫全集』第三十一巻、中央公論社）といいます。ときには芝居小屋へも入り込んだようです。芝居小屋をのぞき込む目と、大阪の露路の〝肌ざわり、色合い、……〟に似た、なんでしょうね、画家でいうとボナールのキャンバスと肌地のような、……というのでしょうか、それを瞳《メ》に沁みこませて伝えて来る「折口の眼」は、これは確かに「大阪の土の芯のような眼」なのです。

折口信夫をめぐります。この声の織物、この二重三重の歩行は、次回に継いで参りますが、仏蘭西では、教室の黒板の前のスクリーンに、大きく、折口信夫さんのお貌を投影して、とき折り、振り返りまして、話し掛けるように、頭を下げるようにして、自分の発します日本語と仏蘭西語の静かな響きの狭間で、小さな舞台を作りでもするようにしてお話しいたしました。こうして、声の複数化の試みをしましたことの素地が、この経験にありました。

十四　歌の契りの深さと野性

――折口信夫II

前回、「折口信夫の眼」は、「大阪の土の芯のような眼」です、……と申しましたところで中断いたしましたが、……そうでした、この「中断」、「中絶」ということも、「折口信夫の想像力」の根源にある力のひとつです。

よくありますでしょう、なにかの理由で、突然夢から醒めたときにみていた夢の断面の不思議なひかり、……。

折口はその〝夢の断片《かけら》〟に、学問的にも創作の上でも、それにひかりを与えたということが出来るのだと思います。

少し、脇道に逸れることかも知れませんが、こんなことを少し正直に申し上げてみたいと思います。何故なのかわたくしにも、しかとした理由は判っておりません。ですが、「大阪」に心をひかれるのです。その深い深い問いの場所に、折口は立っているのだとわたくしは思い決めております。折口を読み込むことが「大阪」を深く読み込むことだと、……。「大阪の土の芯のようなところ」にぽっちりとその瞳をみひらいている——「折口さんの眼」、こんな香りをさしだす、遠くにその香りをはこんではさしだすということをしていたのかも知れません。

……とんでもない処から処に通じてゐる道を通ることとも、人知れぬ喜びの一つになつて居た。……この道は、泥つぽく、しめつぽく黴くさかつた。如何にも侘しく細々とした長い家裏の道だつた。……前に出ようとする露地の中程で、壁の切れ目から、庭へ出て行く道のあることに気がついた。ちようど逆に、停車場の方から這入つて半町ほど来た辺であつた。ひよつと覗き込んだ目と同時に、足が踏み込んだ庭らしい所は、やはり黴くさい、蘚らしい物ものつて居らぬ、何となく、醬油くさく味噌くさい、土も赤ちやけ、煤ぼけた地面であつた。

（「戞々たり　車上の優人」『折口信夫全集』第十八巻、中央公論社、傍点引用者）

この〝醬油くさく味噌くさい、土も赤ちやけ、煤ぼけた地面〟には、なにか淡い光かオーラが、……さしているように思われるのは、あながち、わたしがお醬油ずきのせいだから、……というだけではないようです。こうした土地の芯のようなところから書き始められる「折口民俗学」や、この文章も、有名な歌舞伎役者を町でみかけてその人をつけて行くときの文章なのですが、「折口芸能論」は、骨の髄《ズイ》から芝居小屋の空気、町の小さな社《やしろ》の神事を知りつくした人の学問で、ここそが「折口学」の白眉ともいえる部分なのです。

芝居小屋のなかの世界と、大阪の静まり返った夏の空気がしんと一つになったような文章をご紹介して、さらにこちらの「歩行」をもつづけて行きましょう。文中の「道をしへ」は「斑猫《はんみょう》」という体長二センチ位の美しい緑色の甲虫《かぶとむし》のことです。道路に沿って人の行く先へ飛ぶ習性がありますので「道をしへ」と呼ばれているのです。

真夏の天地は、昼も夜も、まことに澄みきつた寂しさである。日の光りの照り極まつた真昼の街衢に、電信柱のおとす影。どうかすると、月の夜を思はせる静けさの極みである。夜は又夜で、白昼の如く澄みきつた道の上のわづかな陰が、道をしへでも飛び立ちさうな錯覚を誘ふ気を起させる。世の中が昔のまゝだつたら、都会も田舎も今はかう言ふしみ〴〵した寂しさの感じられる夏の最中である。かう言ふ季節の、身に沁みた印象が、はなやかな舞台を廻り道具にして夏の芝居にひそかな、どうかすれば幽暗な世界を出現させようとするものなんだらうか――。

（「夏芝居」全集第十八巻、傍点原文、傍線引用者）

いま読みました、折口信夫の文章の引用の語尾〝……させようとするものなんだらうか――〝ここから、……、どういったらよいのでしょう、何処かからか誰でもない、幾時の時代か、女男、老幼も判らない〝どおい独り言〟が、聞こえて来るような気がいたします。それはきっと、文中の〝道をしへでも飛び立ちさうな、……〟から知ることが出来ますから、旅での経験もここには加わっての、折口の歌にも通ずる〝幽《かそけ》きものの声〟なのではないのでしょうか。

あるとき（座談会、「中央公論」一九九五年九月号「折口信夫のブラックホール」）折口信夫最後の弟子、歌人の岡野弘彦さんと同席したことがありました。名著『折口信夫の晩年』の著者である岡野さんが、包みをとかれて小箱をあけて「吉増さん、これが〝道をしへ〟です、……」とみせて下さった刹那のこの虫の巨きさ美しさ、エメラルドのかがやきは、忘れられないものでした。岡野弘彦氏は、折口信夫の歩行の美しい形見を、黙って示されたのだと思います。

〝澄みきつた寂しさ〟で思い当ります。折口さんの歌をご紹介する時間がないでしょうから、ここで、折口信夫が暗記するほど読み込んで有名な「口訳」もあります『万葉集』から一首、大伴家持の歌を、あげてみたいと思います。こういう歌で、最初の〝ウラウラ、……〟の響きは〝ゆっくり、ゆったりして〟で〝遅々〟です。この感覚は後年の蕪村の「遅き日のつもりて遠きむかしかな」にも、さらに萩原朔太郎の「うらうら草の茎が萌えそめ、」の〝うらうら〟にもとどいています。折口さんの「口訳」とこの「鑑賞」を、うまく読めますかどうか。

大伴宿禰《ノ》家持

4292 悠々《ウラヽヽ》に照れる　春日《ビ》に雲雀あがり、心かなしも。独りし思へば（巻十九）

〔口訳〕　いつまでも暮れないで照つてゐる春の光線に、野の雲雀が空に鳴き上つて行つて、其を眺めてゐるおれの心が、物淋しいことよ。唯独り、物思ひをしてゐる時に。

〔語釈〕　○悠々に　日の暮れない様子。遅々或は悠々と書く。○春日に雲雀あがり　春の光りの照つてゐる空へ、揚げ雲雀が鳴き昇る様。

〔鑑賞〕　此時代に、どうしてかう言ふ悲哀と、孤独と、静寂の文学が生れて来たのか、これだけで、もう家持といふ人の、ある高さが考へられる。

（『日本古代抒情詩集』より、全集第十三巻）

さきほど読みました〝澄みきつた寂しさ〟が、折口さん自身のものでもありましたことが、ここでもお判りいただけたのではないでしょうか。〝うら〟は〝浦〟でもあるのでしょうし、さらに、〝心の下〟、〝心〟もまた〝うら〟というようです。〝うらがなし〟〝うらさぶし〟。

この『万葉』の歌にさえそうですが、折口さんの歌人として、特徴といいますよりも、これも特異なところは、主として、印刷上の表記法としてですが、歌に（みえない楽譜をかさねますように、……）句読点、「。」や「、」や、空白を挿入することです。

例えば、もっとも有名な歌のひとつ、

葛の花　踏みしだかれて、色あたらし。この山道を行きし人あり

この「葛の花」の色も紫色、折口さんの心の花の色といえます。それが〝踏みにじられている〟。そのあたらしい、……（赤ちゃけた？）土の粒までみえて来る気がいたします。問題は、その次の「。」です。この「停止の信号」のために〝沈黙《しじま》〟が生じまして、論理的あるいは推論をする〝山道を誰かが通ったから、……〟という思考も、〝中絶〟されるのです。そして、まったく異った声が〝この山道を行きし人あり〟と接続されることになります、この方法と自覚は、古い詞章がどこかで〝接続され〟〝縫い合わされ〟ている、……。それを読む眼からも来ていますことをいい添えておきたいと思います。それにしても、この〝沈黙〟の長い時から、折口信夫自身の孤独で淋しい一人旅の物思いの様子が浮かんでくる気がいたします。それを考えていますと、この「。」の個処はゆるがせにできない大切なときという、折口の吐息もここから読みとることが出来ます。それこそが「歌

の呼吸」（折口の）といいたい気がして参ります。いかがでしょうか。

　こうして、心なしわたくしたちの耳目も折口さんの山中や海辺を行く足音と心のなかの呼吸と物音が、ことに「歌」を通して聞こえはじめるところまで近づいてきた気がいたします。この特異なトーンを鋭く聞きつけた二つの例をご紹介いたしたいと思います。二つとも標題がじつに正確に、聞かれた方々の耳の驚きに似たものを伝えてくる見事なものです。「心中独語」（中村草田男氏）、「深淵、息」（貝塚茂樹、湯川秀樹氏）。折口さんのやや高い、大阪人らしい語りのトーン。折口信夫のラジオ講演を聞いたことのある、二人三人の先人の強い（深い）印象を申し上げますので、参考にして下さい。

　そのおひと方の俳人の中村草田男さんは、まことに興味深いことに、文中で、ラジオで聞いたときの驚きを思いだされていました。


……折口先生の演題は「芭蕉及び蕉門の恋の句」というのであった。先生の表情は依然としてやや陰気であったが、講演というよりも講義、講義というよりも殆んど独語というにちかい語りようであって、ラジオの普及しはじめた頃に、はじめて耳にして、その病的ともいい得る程に澄み切った声音《こわね》に一驚した思い出が突如ハッキリと甦ってきた。その掌《てのひら》の中に小さな参考書きの紙片を納めていられるだけで、視点を中空に置いて縷々と尽きることなく語りつづけられたのだが、説明の叙述が自からにして見事な描写の役をも果たしていくさまに新らしく驚かされた。先生の著書の中のある個所などに、「原因というては、さしあたりこんなところと思うたりもするが……」などという関西弁がそのままにあらわされているが、折口先生という方は、一生を通じて、遠くて奥深いあるものを見詰めながら、「心中独語」をつづけてこられたのではなかったか、などと思ってみたりもするのである。

（中村草田男「折口先生との対談会そのほか」『折口信夫全集』月報第三十一号）

この「心中独語」といういいとめ方が見事です。次に聞いていただきたいのは、二人の兄弟の硯学です。

わたくしがはじめて折口先生の学問にふれたのは、いつのことであったか、今その年月がはっきりしないが、多分、昭和二年の冬のことであったかと思う。京都の相国寺近くにあった父の家の応接間で、弟の湯川秀樹らといっしょにストーブにあたっていた。何気なくラジオのスイッチをひねると、折口信夫という、今までその名を聞いたこともない人の「翁の発生」と題した講演がはじまるところであった。（中略）ラジオの講演を聞いていると、日本芸能の起源にからまる不可思議な謎が提出され、一つの謎が解かれると、新たなも一つの謎が提出され、次第に深淵にひきこまれていくような気分におそれわれた。息もつがずに聞き入るうちに、知らぬまに三十分の講演がおわった。ほっと一息ついで、そばの弟の秀樹を見ると、彼も大変感銘をうけたらしく、「面白い話だった。しかし折口信夫という人はいったいどういう人かな」とたずねた。「大変な学者らしいが、自分は今までちっとも知らない」と、己れが無知を告白するほかなかった。

（貝塚茂樹「一期一会」『折口信夫全集』月報第七号）

こうしてラジオに聞き入ってらっしゃる様子と空気を想像していますと、わたくしたちの耳の底の「ラジオ」もよみがえるのでしょうか、なんだか羨ましい気がします。と同時に、こうして、わたくしたちもまた、その放送「翁の発生」に耳を澄ましはじめているのだといえるのだと思います。貝塚、湯川両先生の感銘に引き込まれてでしょう、折口さんがご自身の歌を詠まれているトーンは微妙に普段のお声（「朝の訪問」NHK大阪、一九五二年九月二十四日放送）と違います。歌は三首とも、代表作ともいえる歌です。インタビュー、歌の朗読ともに、亡くなられる一年ほど前のものでした。

――この夏は先生ずっと、箱根のほうにおいででございましたか？

折口　はい、行っておりました。最近帰って来ました。ぼーっとしてます。

——涼しい箱根でだいぶご研究もおすすみになったのでは、……

折口　いえ、今年はね、箱根も暑いんです、……

短歌五章

葛の花　踏みしだかれて、色あたらし。この山道を行きし人あり

旅寝

人も　馬も　道ゆきつかれ死にゝけり。旅寝かさなるほどの　かそけさ

しづけさ

山岸に、昼を　地虫《チ》の鳴き満ちて、このしづけさに　身はつかれたり

この「葛の歌」が巻頭に置かれました折口さんの処女歌集は『海やまのあひだ』といいます標題をもっています。家を出て、〝とうとう家庭なども持つことなく、命も過ぎ、……〟と後年述懐された折口信夫は、民俗学者として歌人として、大変に難儀な辛い旅をされたようです。独りで山奥深く歩いて行かれ、遭難寸前のこともしばしばあったといいます。折口の師（生涯〝師〟として尊んだ……）柳田国男も、折口の「海やま」の旅を、

〝聴いても身が縮むやうなつらい寂しい難行の連続であつた。〟（「折口追悼」の一文より）と評してられました。柳田さん自身も大歩行者でありましたが、……。さきほどの歌の「地虫」をさがして、しばらく「歌集」（『水の上』）を繙いていましたら、こんな怖いような歌もありました。

山なかは　喰ふものもなし。指入れて　地虫の穴を　覆《カヘ》し居るなり

折口信夫の山中の淋しい歩行と中村草田男さんが感じられた「心中独語」のその心の地面のようなところが、たとえば、こんな歌、

さびしさも　言ふこと知らぬいにしへの　幾代の人の　心泣きけむ

とともにわたくしたちの心にも響いて来る気がします。折口信夫（釈迢空）は、生涯歌を詠みつづけましたが、その歌の長い命に、慄然とするものがあります。

折口信夫さんと連立っての旅は、おそらく、入口にさしかかったばかりですが、その歩みに、もう少し触れさせて下さい。今回は、はじめにふと気がついて申しました、折口的世界の「中断性」、「中途性」ということも出来ると思います「断面性」について申し上げ

て終りにいたしますが、そのまえに、大阪と折口信夫について、もう一言。

なにか淡い光がオーラがさしているような、……赤ちゃけた、煤ぼけた地面の質感といいますか肌ざわり、その浪速《なにわ》の土から、折口は育って来ていたことを、お話しいたしましたが、折口民俗学の出発点、出発点というよりも根ざすところは、折口の育った木津界隈に残る事蹟、口碑からでした。この近さ、親しさが、折口民俗学を非常に魅惑的なものにしているというのがわたくしの考えです。

〝都市に慣れながら、野性を深く持つ〟大阪人《びと》、……といういい方も折口はしておりました。折口信夫の小説『口ぶえ』や『死者の書』、芸能論を携えて大阪を歩かれることを是非おすすめいたしますが、今回の「詩をポケットに」で、わたくしもあらためて、折口信夫の足跡を辿り、……これは中学生の折口が通っていた通学路、木津（折口は島《しま》だったといいます）から天王寺台地への坂道ですが、一つの発見をしておりました。いまは夕陽丘という地名になっています、いまの地下鉄谷町線の四天王寺付近へと少年折口信夫は、由緒ある沢山の古い寺の脇を縫うように坂道を登り下りし、ときに道筋をかえて歩いていたそうです（小説『口ぶえ』にくわしい）。その一個処に、愛染堂の裏手に、いまも訪ねる人も少ない、こんもりと木の繁る小高い塚があります。家隆《かりゅう》塚といい、鎌倉初期の歌人藤原家隆が晩年にここに来て、こう歌ったと伝えられているのです。

ちぎりあれば　なにはのうらにうつりきて、なみのゆふひををがみぬるかな

この丘に佇んで西の方難波のうみを眺めますと、荘厳な入日が、いまのわたくしたちの眼裏にも神々しいように映じて来ます。ここが大阪をみる場所、少年折口信夫がこの歌の〝消え入るやうなしらべが、彼のあたまの深い底から呼び起され……頬に伝はるものを覚えた〟（『口ぶえ』全集第二十四巻）のも、これはそう、宜《むべ》なるかなと感じておりました。これが折口信夫の終生の歌との〝ちぎり（契り）〟のひとつでもあることを、たとえばわたくしも思いもかけず〝歌心（うたごころ）〟を覚えつつ、そこに立ち竦むようでした。どうぞ、いちどおいでになってみて下さい。折口信夫のテクストにおける〝断面〟〝断片性〟〝中途性〟は、次のような個処に鮮かに出現してきます。折口信夫のここからはじまります〝長い旅〟についてはいつの日にか機会をあらためることにいたします。〝原始的の空象につめ寄らう〟として、小説の形をかりて折口が書きました「身毒丸《シントクマル》」（大正三年頃）の冒頭を読んでみます。

……朝間、馬などに乗らない時は、疲れると屢《ヨク》若い能芸人の背に寝入つた。さうして交る番に皆の背から背へ移つて行つた。時をり、うす目をあけて処々の山や川の景色を眺めてゐた。ある処では青草山を点綴して、躑躅の花が燃えてゐた。ある処は、広い河原

に幾筋となく水が分れて、名も知らぬ鳥が無数に飛んでゐたりした。（中略）……此頃になつて、それは、遠い昔の夢の断れ片《ハシ》の様にも思はれ出した。

（「身毒丸」全集第十七巻）

この〝夢の断れ片《ハシ》〟は、折口信夫自身もまた〝長い、苦しい旅〟によって体得したものでした。じつにあざやかです。

十五　イメージの豹の心の天才たち

――戈麦、芒克、北島

驚き、驚く自らにもまた驚くこと、これが、詩や哲学、あるいは科学の初まりでもあることを、哲学者の木田元氏のご本（『ハイデガーの思想』岩波新書）で読んで、今回のお話しの戸口にいたしますが、ある日突然、幼い子供の心にとび込んで来た「詩」への驚き、その驚異が思いも及ばない成長を、他者の心のなかでも続いていることへのさらなる驚きへと、今回考えてお話しすることは、結びついて行くのだと思います。

「なぜなら、〈驚き〉の感情こそが、本当に哲学者のパトスなのだから。つまり、哲学の初《アルケー》まりはこの感情よりほかにないのである。」（プラトン『テアイテトス』）

「けだし驚きによってこそ、人間は、今日もそうであるが、あの最初のばあいにもあのように哲学《フイロソフイエン》しはじめたのである。」（アリストテレス『形而上学』）

（木田元『ハイデガーの思想』岩波新書）

文中のこの「哲学」を「詩」という言葉に置き替えて読むことも不可能ではなく、むしろ「詩」と「哲学」を、古い昔の明晰な頭脳と心のなかに、微妙に重ね合わせて考えた方が面白いことなのかも知れません。

これから、ご紹介を試みてみたいと思います現代中国の詩人への戸口に、初々しくて深い古人の洞察の力をそっと置いてみましたのは、古い中国の詩への敬意と、いまの若い、瑞々しい、そして根源的な中国現代詩への驚きからでした。

一昔前までは、わたくし自身の詩への驚き（開眼）が、唐時代の天才詩人李白にあったということは、何処か幽かにタブーに触れるようで、口を噤《つぐ》んでおりました。

ここから、すぐに、痛ましい、哀切な、しかし、凛乎玲瓏たる、若くして北京西郊の万泉河に入水、自死した詩人の詩を紹介いたします。詩人の名は戈麦（ゴーマイ）。一九六七年八月黒竜江省蘿北県生れ、本名は褚福軍《チュ・フージュン》、一九八五年北京大学中文系に入学、一九八七年本格的に詩作を始め、八九年北京大学を卒業、外文局「中国文学」雑誌社に勤務。そして一九九一年九月、二十四歳一カ月で、四年間に二七〇あまりの詩篇と数篇の小説とを残して、自ら命を絶ったのだといいます。〝詩の言葉を極限にまで深化させた詩人〟（これは、戈麦の詩の訳者であり、書肆山田版『戈麦（ゴーマイ）詩集』の編者である是永駿氏の評言です）。おそらく、中国有史以前からの詩と詩の魂を、玲瓏の手鏡に、その詩に、集中するように投影して、〝夏の日のふいに襲う雷雨のように、世界をぐっしょりと濡らして神秘的に消え去った〟（戈麦の北京大学の級友で、ともに詩誌「ペシミスト」（「厭世者」）を編んだ西渡《シードウ》の言葉。同じく是永氏の評言より）稀有な魂であったことを、これからご紹介してみます詩篇と、出逢ったときの驚きと、そう驚異を感ずる心を通して、……と考えていますと、心の底で、誰かが、そっと〝肯《うん》〟とうなずくようです。

こんな詩や魂と出逢うとき、心は〝百雑砕《ひゃくざっすい》〟（道元―こなごなに砕けちる）してしまうようです。驚きを説明しようとして、こんな言葉とイメージをかりていました。道元『正法眼蔵』の「古鏡」だったと思います。鏡には一切がうつる。では、鏡が鏡と出逢ったときこれいかに？　との問に対する答が、〝百雑砕（こなごなに砕けちる）〟でした。乏しい詩心を燃やしつづけて四十年以上も詩作をつづけてきた〝曇った鏡〟と、〝イメージの豹のような心の天才の鏡〟の対比は、僭越ではないかと怖れます。しかし、〝百雑砕《ひゃくざっすい》（こなごなに砕けちる）〟鏡のイメージをかりまして、ようやく、驚きの有様《ありよう》を、爽やかなカタストロフィーともいうべき、この詩人との出逢いを、ご説明できる気がいたしました。

わたくしたちの「日本語の詩」は、「中国詩」の美しい枝振りの枝の一つといえるのかも知れません。幹が親、枝が子ということではなく、接木も宿木も、宇宙の美しい継なぎ目のひとつ、……と詩的ないい方をしておきますが、考えての今回の工夫をご説明しておきます。

戈麦、つづいてふれます芒克（マンク）、北島（ベイダオ）の詩の訳者是永駿氏を大阪にお訪ねして、この「詩のポケットに」のために、戈麦と北島の詩篇をゆっくりと、あたらしい詩の音律（声調、音節、音価、抑揚、制動等）が際立つように、是永氏の中国語で、読んで下さることをお願いをいたしました。二十四歳で自死して、すでにこの世にはいない戈麦の詩篇は、戈麦の先輩にあたり、「今天」（「今日」という意、一九七八年創刊されたが、八〇年北京市公安局によって停刊命令を受け、主要作家詩人は海外流亡を余儀なくされる、……）の創立メンバーでもある黄鋭《ホアン・ルイ》氏にと考えていました。

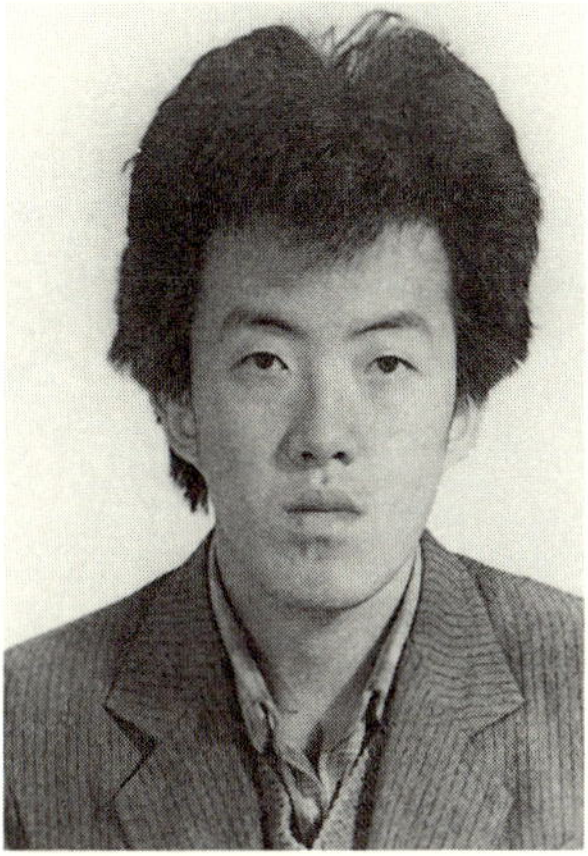
戈麦

けれども、是永駿氏の中国現代詩についての数々の論考に接し、あたらしい（革命的な）詩と韻律を、日常的な〃これが中国語、……〃と聞く耳から離れたところに〃別天地〃をつくるように、……といいますと、「詩」の夢を語ることにもなるのでしょうが、「是永さんの中国語」にまず耳を傾けてみるということをわたくしはいたしました。深い思いやりと細心の注意にささえられた「あたらしい言葉」が聞こえてきたという感動が、「是永さんの中国語」に感じられましたことを、ご報告いたしたいと思います。すぐに、戈麦氏の詩を、……と申し上げながら、長い前置きを、どうしてもしてしまいました。お詫びいたします。では、末尾に〝一九九〇・八・一四〟と、日付けが記されています「胡蝶」から。〝わたしのイメージの豹〟に、終りの行の〝内臓《はらわた》を斜めに差しつらぬいていく〟の〝斜めに差しつらぬいて〟に、慄然たる、白刃のような心のひかりを感ずるのは、わたくしだけでしょうか。

胡蝶

死んだ胡蝶、愛しい人の胸に飾られる
のは死んだ胡蝶
一輪の黒いバラが酔っぱらった地の果てに咲きほこる
死んだ胡蝶、一切は愛に始まるわけではない
命に始まるわけでもない、万やむをえずに始まるわけでもない
死んだ胡蝶、春の塔の下に現れたわたしのイメージの豹のように
彼女の幼い暴力は愛しい人の心の中ですこしづつほころびる
死んだ胡蝶、生あることを知らないのに、死あることを知るはずもない

ひらひらと落ち葉が舞い、都《みやこ》長安に散り敷く
ひとすじの陽光が悲しみの内臓《はらわた》を斜めに差しつらぬいていく
（一九九〇・八・一四、前出『戈麦（ゴーマイ）詩集』）

「胡蝶」には、遠い古代の荘子の蝶の夢も重なっているでしょうが、それよりもW・ブレークの「虎」を想わせる天才の一行〝春の塔の下に現れたわたしのイメージの豹のように〟を通って達する、最終二行の詩のあたらしいひりひりした響きを、どうお聞きになられたでしょうか。次の詩にも日付けが添えられています。難解なところは少しもないようにみえますが、〝ガラスを取り去った窓の列〟に、〝今しがた敷きつめられた路床の砕石〟に、心が吃驚いたします。

朝早く、汽車が郊外にとまる
朝早く、汽車が郊外にとまる
夜の間の白い霧を透かして、わたしが見たのはただ
ガラスを取り去った窓の列
それはまるで漆黒の底無しの穴

一列に並んで前方を眺めている、戦争が終わり
相手を失った老兵の一隊が
廃墟のほとりに並んで座っているように
目には言い尽くせない空ろなものがきらめいている

この時、原野には汽車のほかに
何事もなく、路床の砕石は
今しがた敷きつめられたかのように整い
夜明けの風が丘の上からまともに吹きつける

あの収穫の後の麦の堆《にお》はあたかも大地の乳房
その上に群れをなすハヤブサがびっしりと棲む
地のはてに、高圧線が一本低く垂れ込め
犬のなき声が鉄路に沿って遠くまで伝わっていく

（一九九〇・五・一二）

北島（ベイダオ）、芒克（マンク）、黄鋭（ホアン・ルイ）氏等による「今天」創刊とま

ったく新しい中国詩の創造的展開、……（ときに「朦朧詩」と揶揄されもしたそうです）なくして、若い戈麦（ゴーマイ）らの登場は不可能であったといいます。

中国のあたらしい詩の深みと凄みを、もうひとりの天才芒克の声にみたいと思います。彼の「朗読」に接したことのある人々の驚きにも心をとめておいて下さい。「音楽そのものと言うべき美しい朗読」（歌人の石井辰彦氏）という評言がありました。国外への流亡文人が輩出するなかで、ひとり北京にとどまり苛烈な創造をつづけている例外的な詩人の詩魂が、芒克自身の声を通してつたわるのだと想います。簡単な履歴と紹介を是永さんの著書から引いておきます。「芒克、本名姜世偉《ジアン・シーウエイ》。一九五〇年十一月十六日遼寧省瀋陽生れ。七〇年代初めに詩作を始め、農村での七年間の詩作を集めて『思い』を編む。「今天」創刊に参加。主著『時間のない時間』他。」

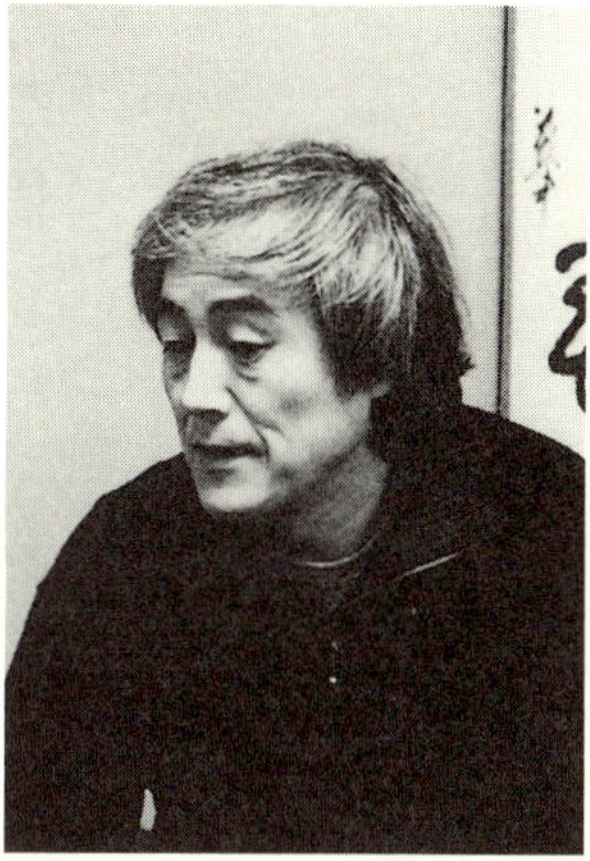
芒克

「芒克の詩には祝祭という言葉がよく似合う。彼は生を歌い、愛を歌い、時間を歌い、そして死を歌う。その祝祭の世界を映す鏡の向こうには雄渾な呪詛がひそめられており、時折見せる諦観もうつむき沈む類いのものではなく、この世界を最終的に支配する「時間」さえも人格化して歌いきる剽悍なものである。」（是永駿訳『芒克（マンク）詩集』より、書肆山田）。そこから一篇の雄篇を読んでみようと思います。

死してなお老いさらばえることがある
地面にはや生え出た死者の白い髪
それがわたしに信じさせる、ひとは死してなお老いさらばえることがある
ひとは死してなお悪夢に襲われることがある
そしてうつろいめざめ、まのあたりにそれを見る
またひとつ白昼が卵の殻を破って生まれ
すぐにせわしなく地上の餌をついばむ
自分の足音を聞くこともある
自分の両足が笑いさざめいている憂いに沈んでいる

追憶にふけることもある、頭の中はからっぽなのに
心の中の人々はすでに腐爛しているのに

かれらをたたえ、恋人をたたえることもある
両手にゆったりと彼女の顔をうけとめて

それから彼女をそっと草むらに横たえ
彼女がつたない手つきでグラマラスな体をたぐり出すのを見ている

そして待つこともある、陽光が
最後はボロボロのムシロのように風に巻かれて吹きさらわれるのを

日暮れを待つ、それはちょうど一頭の猛獣に
その肉をずたずたに食いちぎられるのを恐れるようにおまえを避ける

そして夜、それはおとなしくおまえの胸に抱かれて
おまえのもてあそぶがまま、うさを晴らすがまま、声ひとつたてない

疲れて地面に横になることもある、目を閉じて
天上の獣らの相い食む咆哮に耳をかたむける

気がかりになることもある、あるいは一夜のうちに
天空の血がすべて地上に流れるのではないかと

立ち上がることもある、死んでいったひとつの面影をしのんで
しかし彼女の眼はじっとおまえに注がれたままだ

希望を抱くこともある、自分が永遠に生き続けることを願い
自分が他人に捕獲される動物でないことを願う

火の中に横たえられ、あぶられ、食われ丸呑みにされる
苦痛に身もだえることも、耐えきれないこともあるだろうよ

地面にはや生え出た死者の白い髪
それがわたしに信じさせる、ひとは死してなお老いさらばえることがある

（前出、『芒克（マンク）詩集』）

一読して、忘れがたい詩を読んだ経験を刻み込む、芒克の詩魂の底知れなさ、そして中国民衆の心の奥のツブツブを風を嵐を伝えて来る名詩篇です。

最後に北島（ベイダオ）にふれます。この北島が、あたらしい中国の詩の息吹きを代表し象徴する詩人です。本名、趙振開《ヂャオ・ヂェンカイ》。一九四九年北京生れ。六八年北京第四高卒業、建築工員となり、文化大革命後は雑誌社に勤める。「今天」創刊、主編を務めた。ノルウェー、ニューヨーク等に在住。『北島詩選』、『黒盒（ブラックボックス）』、小説『波動』他があります。

北島

我々の世代は文化革命に属する一世代である。我々は青年時代を文化革命の中ですごした。我々の理想、それに理想の破滅いずれも文化革命と関わっている。文化革命を何から何まで完全に災難であった、まったく考えられない出来事であったと言ってのける者が多い。我々その中で育ってきた者から見れば、けっして不思議な出来事ではない。
まず中国の古びた連綿と続く文化を、その継続をそれは突然断ち切ったのだ。そのことは中国文化のその後の発展に大きなプラスとなった。当時は、文物や書籍がこわされ焼かれ、作家が虐げられるなどしたため、現象としては中国文化の破壊と映った。しかし、そうして形成された断裂帯は有益なものであった。なぜなら人々はついに距離をもって、比較的はっきりした意識でこの中華民族の文化的遺産に対処できるようになったからだ。一九七九年以後の中国文学の突然の一大飛躍は、もしこの断裂がなければ不可能であったと思う。もし伝統文化を断ち切らなければ、永遠にその影に覆われ続け、そこから離脱することは不可能だ。伝統の巨大な吸引力から離脱することはきわめてむつかしい。「五四文学」も文化の断裂の産物なのだ。

（「聯合文学」四〇号、一九八八年二月、是永駿氏訳）

〝断ち切った〟という言葉、〝ついに距離をもって、……〟というところに、北島の明晰で痛みにつつまれた魂の声を聞くことが出来るように思います。幾度かこの人に逢って感ずることですが、「文化と言語を制御しようとする権力者に対して、詩人は時代を支配している文化と言語に絶えず挑戦を試みる存在であるため、権力者は詩人を国家の敵と見なすことがある。詩人というものは元来、詩を書き始めた日から亡命の道を歩むものであり、ある意味では詩と亡命は同意義の概念である。詩人は決して定住の地を持たないものなのだ」(「鍵のない家——詩と亡命」「るしおる」一三号、菅原邦城氏訳）といいます反面、土台と余地のようなもの、カフカの言葉をかりていいますと〝生きるための空気〟に似た、故郷のざわめきや声を失ったということの痛苦はいかばかりでしょう。ことに北島のような瑞々しい、根源的にリリカルな詩の魂を生得に持っている人にとっては、……。こんなにも美しい詩が、こうして〝流離〟を強いられている、……そんな思いが湧いてまいります、……。

きみが言う

わたしは暗号でドアをノックする
するときみが言う、春よ　お入り
わたしはゆっくりと帽子をとる
鬢《びん》が霜や雪に濡れそぼっている

きみを抱きしめようとすると
きみが言う、あわてないで、おバカさん

体をびくつかせている一匹の小鹿が
きみの瞳の中を駆け抜ける

誕生日のその日
きみが言う、いや、贈り物なんていらないわ
そしてわたしのカシオペアが
早くもきみの頭上にまたたく

十字路で
きみが言う、離れないで　永遠に
あかあかと光るヘッドライトが幾筋も
二人の間をつきぬけていく

（是永駿氏訳『北島（ペイ・タオ）詩集』土曜美術社）

ふるさとのなまり

鏡に向かって中国語をしゃべってみる

とある公園、自分の冬をもっている
音楽をかける
冬には蠅がいない
ゆったりとコーヒーを沸かしている
蠅にはわからない祖国とは何か
砂糖を少し入れる
祖国とはふるさとのなまり
電話線のもう一端から
わたしのおののきが聞こえてくる

（是永駿氏訳『ブラックボックス』書肆山田）

忘れ難い、第一行です。誰が、こんなふうにして母語を発語する、自らの姿の未来を想像したことでしょう。誠実で、痛みをたたえている、詩のいまの姿です。

十六　心中ふかい泥の海の揺れ

——伊東静雄

誰もがその願ふところに
住むことが許されるのでない

この詩は、近代のどんな詩人のものだと思われるでしょうか。問うわたくしも、もしそう問われたとしたらと、しばらく頭《こうべ》をめぐらせるようにしていますと、萩原朔太郎でも佐藤春夫でも、あるいは前回「イメージの豹の心の天才たち」と題してお話しいたしました中国の詩人のおひとり、北島（ベイダオ）でも、折口信夫、（「序」でこれらの人のふるえるような心にふれることができなかったことをお詫びしましたが、……）これが、パウル・ツェランやジョナス・メカスの詩であってもおかしくはない、……そう思われるほど、「故郷喪失」というより「流離」の思いが、わたくしたちにとっても決定的になって来ていることを、心の遠いところで、〃しづかにきしれ四輪馬車〃（「天景」萩原朔太郎）の、あたかも「馬車」の響きを聞くかのように、遠いところで、それを知るようです。

今回は、思い掛けなくも、ある「ちいさな旅」の途中で出逢いました、発見しました〃宝石のような、……〃といいますと、喩が奇麗すぎてあたりません、〃泥海の宝石の揺れ、……〃ある詩人の胸の底のみえない宇宙のふかさ切実さ柔かさ、……心中ふかい泥の海の揺れ、……この〃心中ふかい泥の海の揺れ、……〃についてお話しをさせて下さい。

さきほどの詩は、昭和十年（一九三五年）に刊行された伊東静雄『わがひとに与ふる哀歌』の巻頭の詩「晴れた日に」からでした。大阪西成区松原通に妻花子、母と妹とともに住み、大阪住吉中学校の国語教師、この詩を書いたときの伊東静雄は、二十八歳でした。お母さんのことにもふれましたし、ここから入りましたので折角です、名詩集『わがひとに与ふる哀歌』のさきほどの引用の五行前、この『詩集』のはじまりを、ご紹介しておきます。

とき偶《たま》に晴れ渡つた日に
老いた私の母が
強ひられて故郷に帰つて行つたと
私の放浪する半身　愛される人

私はお前に告げやらねばならぬ
誰もがその願ふところに
住むことが許されるのでない
………

（「晴れた日に」『伊東静雄全集』人文書院）

詩は、じつに心というものの気がつかない細かなところに作用するものです。さきほど冒頭で「流離」ということをいいだしましたときに、まるでわたくしの耳とは別の耳が聞いたように〝しづかにきしれ四輪馬車〟という朔太郎の詩句が響いたのもそれでした。そしていま引きました詩句のこんなところにも、小さな謎があることに、なんでしょう、砂地のいきものの棲む穴が、〝おのづと目《まなこ》あき〟（「漂泊」伊東静雄）ひらくようにでしょうか、……ふと、気がついて驚いておりました。〝住むことが許されるのでない〟を、〝住むことが許されるのではない〟と誤記していることに気がついて、そう思いついた、その刹那に、ここにも詩人の魂が眠っていることを思って少し、慄然としておりました。〝……のでない〟、〝許されるのでない、……〟ここに庄野潤三氏が住吉中学の教室で耳にしたといいます〝これまで誰からも聞いたことのない、独特の抑揚を持った言葉〟あるいは〝低い独特の節〟（「伊東静雄・人と作品」、「年譜」『日本詩人全集28』新潮社）が眠っている、

伊東静雄と妻の花子

……ここにこの詩人の、あるいは本人も意識していなかったかも知れない〝心の巣穴〟のようなものが蟠《わだかま》っていることにも気がついておりました。

「詩をポケットに」は、こんなにも目につかない、かすかなはかないものをいれる容器でもあったことに、ようやく、わたくしも気がついていたのかも知れません。おそらく、いま思い切ってわたくしの使いました〝蟠る〟〝心の巣穴のような、……〟は、わたくしも無意識に、伊東静雄のものらしい〝鬱屈〟と〝怒り〟を、いい当てようとして用いたものだったのではなかったでしょうか。

ここから、少し異例のことかも知れませんが、廻り道をさせて下さい。この〝廻り道〟ということが、古代人の旅の知恵であった〝方違《かたたが》え（なにか障りのあるときに、目的地への方角を変えてから行くこと）〟あるいは〝廻《た》む（まわり道をして行くこと。——「萬葉集辞典」『折口信夫全集』第六巻、中央公論社）〟ともつながっている細道なのかも知れません。

伊東静雄は長崎、諫早の出身でした。いや「有明海の詩人」と呼んだほうが、伊東静雄の詩に相応しいのかも知れません。明治三十九年（一九〇六年）十二月十日、長崎県北高来郡諫早町船越名に生まれ、昭和二十八年（一九五三年）の三月に、河内長野の病院で四十六歳で亡くなっています。墓所は諫早の広福寺にあって、取材にお訪ねして、いとこの内田健次郎氏に親しくご案内していただきましたが、学生時代の「帰省」をのぞいて、伊東静雄はほとんど故郷には戻っておりませんでした、……。ただ一度だけ（と思われます……）妻子とはじめて帰郷して詩「なれとわれ」に、淋しい想いを述べたほかには、……。これは思い掛けないことでした。「詩をポケットに」の取材スタッフにとっても、詩人は内心の故郷の奥のツチを懐かしく踏みしめ、心のなかでそれを深める以外には、現実の故郷をたびたび踏みしめることがなかったことを、改めて知る旅となりました。

その一年前のことでしたが、縁あってわたくしは長崎に参りました。四十年振りのことでしたでしょうか、……。ご存知の方々が多くいらっしゃると思います。三十一歳のときに「長崎」と出逢って以来、長崎の原爆で被爆された方との親しい付き合いをつづけて来ました東松照明氏、『占領』『アスファルト』『サラーム・アレイコム』『太陽の鉛筆』等々で戦後の日本を代表する、世界的にも卓越した写真家のおひとりです。その東松さんの写真家としての生涯の集大成ともいうべき展覧会『長崎マンダラ』が、長崎で開催されまして（長崎県立美術館、平成十二年十一月二日～二十六日）、特集番組（「新日曜美術館」）の解説者のひとりとして番組の用意のため長崎に取材に参りました。その折に、コピーしてポケットに忍ばせるようにして持って行きましたのが、伊東静雄の次の詩篇でした。

有明海の思ひ出

馬車は遠く光のなかを駆け去り

私はひとり岸辺に残る
既に海波は天の彼方に
最後の一滴までたぎり墜ち了り
沈黙な合唱をかしこにしてゐる
月光の窓の恋人
叢《くさむら》にゐる犬　谷々に鳴る小川……の歌は
無限な泥海の輝き返るなかを
縫ひながら
私の岸に辿りつくよすがはない
それらの気配にならぬ歌の
うち顫ひちらちらとする
緑の島のあたりに
遥かにわたしは目を放つ
夢みつつ誘《いざな》はれつつ
如何にしばしば少年等は
各自《か》の小さい滑板《すべりいた》にのり
彼の島を目指して滑り行つただらう

あゝ　わが祖父の物語！
泥海ふかく溺れた児らは
透明に　透明に
無数なしやつぱに化身をしたと

自註　有明海沿の少年らは、小さい板にのり、八月の限りない干潟を蹴つて遠く滑る。
しやつぱは、泥海の底に孔をうがち棲む一種の蝦。

「自註」の「小さい板」、そっと添えられた、泥にまみれた小さな木片が、おそらく、詩人の幼年の日の裸形の音楽のしるしです。そして最後の行のしゃっぱに添えられた傍点、それを添えたであろうときの詩人の指先に、ふと、わたくしたちは、〝しづかにきしれ四輪馬車〟に似た音楽を、聞いているのかも知れません。

ポケットに忍ばせて行ったこの詩篇を、有明のかつての〝無限な泥海の輝き返る〟、〝有明海を是非見せたいと思つた（立原道造に、……。引用者注）。沈鬱な中に一種異様な、童話風な秘密めいた色彩と光が交りあつて、これはまだ日本の詩人も画家も書いてゐないものだ〟（「立原道造君と私」前出『伊東静雄全集』）この干潟の一隅《ひとすみ》に置いてみたいと思ったのは、伊東静雄の詩心を読むためではなく、東松照明氏の眼の力、――というよりも、写真家東松照明氏の居る風景を読みとこうとするためでした。

これには説明が必要です。一九三〇年（昭和五年）名古屋に生まれましたこの写真家の代表作「水害と日本人」「泥の王国」「アスファルト」「爆心地から約〇・七キロの上野町から掘り出された腕時計」「爆風により崩壊した浦上天守堂の天使像」には、つよく俯く力、途方もない天の一角から俯瞰する力、地上を直視する力があります。それは、この写真家の「眼の力」でもあって、東松氏の長崎移住（平成十年）直前のころからの連作、「ブリージング・アース（呼吸する大地）」、「ドライスキン（乾いた皮膚）」の妖しい光を帯びる大地、かつてみたことのない象皮の罅《ひび》割れの美しさには息を呑む思いでした。そして、そこに東松氏が「キャラクターP」と呼んでいる、コンピューター・チップスで造られた模像が、そっと添えられていました。東松氏が長崎の家族を撮るときに、タタミにそっとクロス（十字架）を添えるように、わたくしにはその「キャラクターP」が「有明海」のかつての〝輝き〟に添えられた持仏（円空仏）のようにもみえていました。四十年にも及ぶ「長崎」の記録と並行して、波打際を、独特の眼でとらえつづける写真家、それが東松照明氏、そして写真家東松照明の居る風景でした。

有明海は、乾き、罅割れ、……そして、ところどころは草地となっていました。幼ない頃から有明海をみつづけて、二十年以上も写真に記録されている中尾勘悟氏に連れられて終日干潟を歩いていて、心に沁み入ることとなった言葉がありました。それは、〝浜が干《かわ》

すっかり乾ききって、草地になってしまったかつての干潟（中尾勘悟撮影）

いとなあ〃（わたくしの耳が、元漁師さんでいまは陸《おか》で働いてられる中尾さんの友人の方の言葉をきちんととらえていませんが、……）というふと口から漏れた言葉でした。そこには、なんと説明しましょう、間近かな、実感がこもっていました。みると、かつての良港らしい漁港には草がのび、フネが草に沈んでいます。

もう、この方のムネの中にしか有明の干潟の輝きはないのだ、……と思うとき、有明の昔を知らないこちらの胸にも〃泥海ふかく溺れた児《こ》ら〃の姿や声が、遠い遠い〃しづかにきしれ四輪馬車〃の響きとともに蘇ってくるようでした。その心で、〃しゃっぱの心〃で、〃小さい板にのり〃伊東静雄の残した心中の海、その微細な宇宙の凹凸、深浅、柔かさ、果てしなさ、辿りがたさ、断念、怒り、耐えること、……等々への門が、やがてじりじりと開きはじめていたのでした、……。お詫びもいたします。わたくしたちのいま現在の風土を眼に心にとらえようとして、ここまで、遠まわりをしてしまいました。写真家の眼にうつる「キャラクターP」も又、遠い遠い眼の奥の「しゃっぱ」（〃泥海の底に孔をうがち棲む一種の蝦〃——伊東静雄）であったのではないのでしょうか。詩を読むことがこんなにも錯綜した心の状態の通過を必要とするのかと思われましたら、それにもお詫びを申します。しかし、「詩をポケットに」の、どの項目、どの詩人の場合にも、この〃錯綜した心の状態の通過、……〃が必要で、それが〃旅〃であったのかも知れません。それでは、伊東静雄の心の海の奥の奥の揺動、波動、曲折、……等々の、おそらく極限を示す言葉の生態を読むことにいたしましょう。そして最後に、〝しづかにきしれ四輪馬車〟の萩原朔太郎の賛辞を紹介いたします。詩篇二行目の葉っぱのとける音楽には、何故か、有明の土のとても濃い香りがするような気がします。何故なのでしょうか、……。人の言葉もまた、有明海に似て、独特の濁りをしめすのでしょう、この〝とくるごとく〟が、スバラシイ。

漂泊

底深き海藻のなほ　日光に震ひ
その葉とくるごとく
おのづと目《まなこ》あき
見知られぬ入海にわれ浮くとさとりぬ
あゝ　幾歳を経たりけむ　水門《みなと》の彼方
高まり　沈む波の揺籃
懼《おそ》れと倨傲《きよがう》とぞ永く
その歌もてわれを眠らしめし
われは見ず

この御空の青に堪へたる鳥を
魚族追ふ雲母岩《きらら》の光……
め覚めたるわれを遶《めぐ》りて
躊躇《ためら》はぬ櫂《かい》音ひびく
あゝ　われ等さまたげられず　遠つ人！
島びとが群れ漕ぐ舟ぞ
――いま　入海の奥の岩間は
孤独者の潔《きよ》き水浴《ゆあみ》に真清水《ましみづ》を噴く――
と告げたる

〝魚族追ふ雲母岩《きらら》の光……〟のあたり、〝櫂音ひびく〟あたり、束の間の旅人としてですが、きららに光る諫早の空気の明澄な濁りとそよぎにふれた心と身体が、遠い風と光の波動を覚えて、ほっと吐息をつくのを、わたくしも感じておりました。

もう、誰の故郷なのか判らない、……諫早の楠の巨樹の聳える丘の上にいて、伊東静雄記念の石碑に〝手にふるる野花はそれを摘み／花とみづからをささへつつ歩みを運べ、……〟と三好達治が美しい流麗な手で書いていて、詩句を選別するときの達治の手際にも驚き、これまで読まなかった人を読もうという声を内心に聞くのも、この旅の不思議な功徳でした。では、萩原朔太郎から伊東静雄に宛てられた「手紙」のはじめの部分を、……。次回は、〝心中ふかい泥の海の揺れ〟から、三島由紀夫、島尾敏雄氏へのミチを辿るつもりでおります。

わがひとに与ふる哀歌　　伊東静雄君の詩について

ひさしく抒情詩が失はれてゐた。これは悲しい事実であつた。詩といふものはあつた。それは活字によつて印刷され、植字工によつてメカニカルに配列されたところの、一つの工業図案的な絵文字だつた。人々は詩を玩具《おもちゃ》にした。魂が詩を「歌ふ」のでなく、機智《キツト》が詩を「工作する」のであつた。朝、詩の霊魂であるリリシズムが、何処かへ鳥のやうに飛んでしまつた。（中略）

……宿命的な詩人等は、かうしたリリックのない時代にさへも、尚彼等の魂を歌ひ続けねばならなかつた。そこで彼等の歌は悲しく傷つき、リズムは支離に破滅し、声はしはがれて低く、心は虚無の懐疑に暗く悩み傷ついて居る。

伊東静雄君の詩が、正に全くこの通りである。……

（『萩原朔太郎全集』第十巻、筑摩書房）

今回、わたくしなりの迂路を通りまして、ご紹介いたしました伊東静雄とその詩、そして諫早にもしご興味をお持ちになられましたら、大阪府立住吉中学校で伊東と出逢って、後年小説家になりました庄野潤三氏の筆になる数々の回想の名文（たとえば前出『日本詩人全集28』）を読まれてから、伊東静雄の詩の世界に入って行かれることを、おすすめいたします。では、今回はその庄野氏の一文の末尾を紹介して終りにいたします。伊東静雄は、……。

……死ぬまで大阪を離れず、学校の勤めをやめなかった。

十七　秧鶏《くひな》は飛ばずに全路を歩いて来る

——伊東静雄から庄野潤三、島尾敏雄へ

前回、伊東静雄について、「心中ふかい泥の海の揺れ」というヴィジョンといいますか、ヴィジョンの揺れに逢着して、この言葉を前回のタイトルにもいたしましたが、ようやっと伊東静雄の詩の光の一端のうごき、はたらきに触れ得たという幽かな感触がありました。いかがでしたでしょうか、……。これがきっと、綴りつつわたくしが辿り着きました、乏しい貧しい光源だったのだと思われていました。こんなふうにして、「詩をポケットに」の旅は、どうやら詩から、あるいは詩人の隠された挙措から、漏れて来る僅かな光と、それをとらえるわたくしたちのいまの生が、出逢う場所のことであったのかも知れません。

弱々しいけれども、……その幽かな、ほとんど盲目の眼の隅から漏れてきます「光の眼」でみますと、詩中の、これから読んでみますたとえばこんな〝灯台の緑のひかり〟

も、〃真暗な湿地の葦《あし》の葉ずれ〃も、現実の風景には勿論存在しない、詩人の心からもそのときに書きとどめられなかったならば、永遠に喪われてしまう種類の精妙きわまりないもののうごき、はたらきであって、それが、僅かに僅かにみえだす気がいたします。〃精妙きわまりない〃を、英語では *fine* なのではないのかしらと辞書を当っていましたが、やはり、*fine* の語源は、ラテン語の「洗練された、完成した」でした。小さな短かい旅ですが、こんな異国語の繁みの奥への道を辿るほんの一、二分の旅ですね、そのとき、〃湿地の葦の葉ずれ〃の響きの耳の側に、古い古い異国語の〝*fine*〟も心なし、伊東静雄の別の詩句ですが、〃みづぬるむ春の渚《なぎさ》に／おきたりし古座《こざ》の玉石〃(「かの旅」『春のいそぎ』)の〃玉石〃に似て、ふと蘇える気がして来ます。詩の不思議、詩の言葉が秘めている〃葉ずれの音〃にともなわれるようにして、何処からか、遠く、名状しがたい〃地声〃と〃ふかい泥の海の揺れ〃も、聞こえて来ます。これが〃くらい海の上の緑のひかり〃なのでしょうか。

夜の葦

いちばん早い星が　空にかがやき出す刹那《せつな》は　どんなふうだらう
それを　誰れが　どこで　見てゐたのだらう

とほい湿地のはうから　闇のなかをとほつて　葦の葉ずれの音がきこえてくる
そして　いまわたしが仰見《あふぎみ》るのは揺れさだまつた星の宿りだ
最初の星がかがやき出す刹那を　見守つてゐたひとは
いつのまにか地を覆《おほ》うた　六月の夜の闇の余りの深さに　驚いて
あたりを透《す》かし　見まはしたことだらう
そして　あの真暗な湿地の葦は　その時　きつとその人の耳へと
とほく鳴りはじめたのだ

（『伊東静雄全集』人文書院）

中程の〝揺れさだまつた、……〟に、何といったらよいのでしょう、眩暈《めまい》と天地の揺れと心のバランスをなんということなしに、わたくしは感じます。

灯台の光を見つつ
くらい海の上に　灯台の緑のひかりの

何といふやさしさ
明滅しつつ　廻転しつつ
おれの夜を
ひと夜　彷徨《さまよ》ふ

さうしておまへは
おれの夜に
いろんな　いろんな　意味をあたへる
嘆きや　ねがひや　の
いひ知れぬ――

あゝ　嘆きや　ねがひや　何といふやさしさ
なにもないのに
おれの夜を
ひと夜
灯台の緑のひかりが　彷徨《さまよ》ふ

そして、〝おれの夜〟という語の勢いに驚きます。さらに、この〝なにもないのに〟に、なにか心の底知れない深さのようなものを感じ、この世のあるいは宇宙の何処にもない、（ふと、ゴヤの「絵の記憶」が過切りますが、……）この詩のなかにだけ光っている〝灯台の緑のひかり〟を、知らず知らずのうちに、わたくしたちはわたくしたちで「ポケット」にこの光を入れているのだと思います。

今回は、伊東静雄がおそらくたびたび、大阪の家（昭和七年大阪市住吉区阪南町。昭和十一年からは堺市北三国ヶ丘。ここには昭和二十年空襲によって家を焼かれるまでの約十年）で、あるいは家の近くの〝夜道を懐中電灯で照らし、駅までの長い田舎道を（若い友を）送〟（島尾敏雄「伊東静雄との通交」『島尾敏雄全集』第十四巻、晶文社）りがてらに、かわされていたであろう会話の空気、声の抑揚、その思考の魅力を、それを心の芯のようなところで受けとめたらしい若者たち、前回の終りにお名前を出しました庄野潤三、三島由紀夫、島尾敏雄の回想のなかに「伊東静雄の肖像」を浮かびあがらせてみようと考えておりました。この「詩をポケットに」で、ぜひその試みをと考えつづけて来ていたのですが、さきほど申しましたように、読み手の眼にも弱々しい乏しいものでしょうが、伊東静雄の詩の光と揺れの根源からの精妙を、僅かにとらえる「もうひとつの眼」が生じ、思わず「詩篇」を二つ読んでいました。「詩」を読みつつ生まれます、この「もうひとつの眼」を、「他者の眼」ということは、おそらく出来ないでしょう。〝もうひとつの小さなポケッ

九大時代の庄野潤三（前列右より２人目）と島尾敏雄（後列右より４人目）

トを、ポケットのなかにもうひとつのポケットを手さぐりしていてみつけました、……〃
といういい方が、当っているのかも知れません、……。

庄野潤三氏は、大正十年（一九二一年）大阪府東成郡住吉村（現住吉区帝塚山）生れ。島尾敏雄は、大正六年（一九一七年）横浜市生れ（父母の本籍地、福島県相馬郡小高町で幼少の頃を過ごす）。三島由紀夫は、大正十四年（一九二五年）東京市四谷区永住町（現新宿区四谷四丁目）生れ。庄野さんと島尾さんは、昭和十七年九州帝国大学の東洋史専攻で一緒になり、（庄野さんが一級下です）翌年ともに堺に伊東静雄を訪ねます。このとき伊東静雄三十六歳。三島由紀夫の学習院中等科時代の「国文」の師清水文雄氏は、「伊東静雄年譜」（『作家の自伝69』、日本図書センター）によりますと、昭和十一年の八月に「教科書編纂」のために高野山に滞在したときに伊東静雄（ともに、池田勉、栗山理一、蓮田善明）と出逢っていたと記載されています。

人の出逢いの運命の糸を手繰りながら、その糸を染めあげていたことでしょう時代の空気にもふれ、詩人伊東静雄の詩とその人柄が、三人の作家たちに及ぼしたと思われます「感化」を知ろうとすることは、とてもむつかしいことです（わたくしの判断では、もっとも重要な作家たち、なかでも島尾敏雄文学の辿って行った道については、いつの日にか、別のかたちで触れることになるのだと思っております、……）。しかし、そこになにか決定的なものがあるように思います。いまわたくしは「決定的、……」といいつつも、じつは半信半疑で、書きとめていました。しかし、よく考えてみますと、それは、〝伊東静雄の詩の奥底にあって揺れ、平衡を保とうとしている、その「詩の決定力」、……心に坐り込む力、……〟といったらよいものだったのではないでしょうか。「決定」という語の力にとらわれていたらしい心に、少し時間をかけて訊ねるということをしてみて、そう思いました。これを詩句をかりて試みにいい替えてみますと、先程引きました〝みづぬるむ春の渚《なぎさ》に／おきたりし古座《こざ》の玉石〟のように、心に置かれてしまって、そこで幽かに揺れるものの姿をみるということになるのでしょうか。昭和二十一年（三島さん二十一歳、島尾さん二十九歳、庄野さん二十五歳）三人と林富士馬氏とによって、同人誌「光耀」が創刊されます。この雑誌の名をつけたのが師伊東静雄でした。〝師伊東静雄〟といってよいのだろうと思います。

その「感化」の空気を、まず庄野潤三氏から。〝経験したことだけを書きたい、……徹底的にそうしたい、……〟（「自分の羽根」『庄野潤三全集』第十巻、講談社）といわれ〝辛抱強く耐えて行くそうした戦い方〟（『日本の文学75』奥野健男氏解説より、中央公論社）をされた作家、庄野氏らしい文章ですが、小学二年のお嬢さんから「歌」という字をどう読むの、……と聞かれて、「それがウタという字だ、よく見ておきなさい」と教えるところから書き始められ、師伊東静雄を思い起す、これは文字通り、滋味掬《きく》すべき名文です。全文を読んでいただきたかったのですが、お心にとまりましたら、あらためて全文にあたられることをおすすめいたします。こう続いています。

私はそんな風に命じておいてから、すぐに思い出した。新しい漢字を覚える時には、その字をじっと長い間見つめるように生徒に命じた伊東静雄先生のことを。

私が大阪の住吉中学で伊東先生に教わったのは、一年生の時であった。その時、私は先生が「偉い詩人」だという評判を、まだ知らずにいた。

「乞食」という渾名で、背が小さく、身体は瘦せていて、頭が稍ゝ大きく、いつも黒い服を着ていて、チョークの箱と出席簿を脇にかかえてつまらなそうに、しかし眼だけきらきらっ、と光らせて廊下を歩いて居られる姿が印象的であった。

その先生が、新しい漢字を生徒に覚えさせるのに、「書いて覚えようとするな。ただ、いつまででも、じーっとその字を見ておれ」と云われた。

どんな字画の多い、難しい字でもそうであった。

「字というものは、そうして居ればひとりでに覚えてしまうものだ」というのが、先生の持論であった。

先生は方法を教えただけで、そのわけを説明されなかったが、今になってみると、私は先生の心が少し分るような気持がする。難しい漢字を前にして、いつまでもそれを見つめているということは、飼犬の鼻面をいつまでもいつまでも撫でてやるのと同じことなのかも知れない。

そうしていると、犬の心はわが心、という気持になって来るし、そんな時はきっと犬の方でも同じ気持になって、撫でる人の心に寄り添うて来るものだ。

伊東先生が云われたのは、そこのところだと考えられる。いつまでも一つの字を見続けるということは、愛するということなのだろう。

機械的に反覆して書き写すことより、「愛」によって字を知ることを先生は教えられたのだと思う。……


(「伊東先生」『庄野潤三全集』第十巻)

いかがでしょう。「歌」や「愛」という字を〝じっと長い間見つめるように、……〟この個処、というよりも、この場面《シーン》に、わたくしは、かるい、……しかし深い、眩暈《めまい》、……よりも、別種の眼の光が、ここにとどいているのを感じて、少し、くらくらっとしていました。こんなふうに教えてくれる教師が、わたくしの記憶にはないという思いと、わたくしもまたこんなふうに〝字をじっと長い間見つめるように〟と教えはしなかったという、驚きと悔悟が、瞬時にして交叉する、そういう眩暈でした。これが伊東静雄が考えていたらしい〝訓練〟ということ——おそらく深い絶え間のない心の訓練に結びついていることはほぼ確実です。それが、じつに確実に、庄野潤三さんの心に届いている。〝じーっと、……見ておれ〟という詩人の心もそしてまた、わたくしたちに届けられるようです。もうひとつ。庄野さんが用いられた喩のはたらき〝飼犬の鼻面を〟には、伊東静雄の詩のなかの〝犬は毛並に光沢があり、何も覓《もと》めてゐない癖に、／草の根かたなど必ず鼻先をもつてゆく。〟（「早春」）や〝空腹《くうふく》で敏感になつたあいつの鼻面《はなづら》〟（「決心」）が、生きて空気のように尾をひいてとどいていることが、僅かに垣間見え、その〝僅かな、しかし確実な浸透が、……〟わたくしたちの心を、不思議なかたちで打つ、……いかがです、そうなのではないでしょうか。

島尾敏雄氏の場合は、もっと深刻、……といいましょうか、氏の独特の、他に類例のないような文体形成に〝小さな刃物〟、又（これは三島由紀夫さんの言葉ですが、……）あるいは〝着物の中に縫ひ忘れた針のやうに、……〟（「伊東静雄の詩――わが詩歌」『三島由紀夫全集』第三十二巻、新潮社）抜き差しならぬ、深い陰翳を落しているというのが、二十年近く、「島尾文学」を追跡しておりますわたくしの判断です。二個処引いてみたいと思います。

くいなは飛ばずに全路を歩いて来る、というどこかで読み覚えた文句を私は長いこと口ずさんでいたものだ。くいながどんなものか知らないが、とぶことが困難になった小さな翼をせなかに持って、よたよた全路を歩いて来る、というふうなイメージがひとりでに出来上り、それがちょっと気に入った。

自分をくいなになぞらえて、近所のどぶ川に沿って歩いてみたこともある。先ず自分の家の下水の行方を追って、次第に町外れを流れる小川の方に出て行った。とび越さないで、いこじに流れに沿って行くと、私はへんな現象をいくつも見かけた。先ず下水のどぶ川が小川の方に近づいたので、てっきりその小川に流れ込むと思ったところが、小川のどてっ腹二メートルばかりの手前で急に折れて反対の方に向きを変えてしまったことだ。これは私の眼にひどく不可解なことに写った。そのどぶ川は遠回りをしながら結局はその小川に流込んでいたのに。又大川や海の方へ流れる小川が、ある場所で分岐点を形造っていた。私の考えでは二肢に分れてどちらも海の方へ流れているものと思った。しかしそれの一つは、その源流を海や大川の方に持ちながら逆流して来てこの小川に突きささっていた。そのために分岐点は卍巴になっていた。わざわざ長い道のりを後もどりして来て、いくらか場所を変えた流れに乗り換えて、結局はもとの近くの大川にもどり海にはいって行くというような迂路をたどっていた。

（「跳び越えなければ！」『島尾敏雄全集』第十三巻）


「秧鶏《くひな》は飛ばずに全路を歩いて来る」は、伊東静雄の第一詩集『わがひとに与ふる哀歌』のなかでも忘れ難い、おそらく〝全路〟といういい方と、イメージが惹起するのでしょう不思議な印象を残す詩篇です。島尾敏雄は、その〝不思議〟を、体内迷路化するといったらよいのでしょうか、島尾さん独特の夢と現《うつつ》の境の歩行へと移して行きます。
いま〝移して行く〟といいましたが、『日の移ろい』等の島尾文学の芯にあるものが、どうやらこれです。幽かに揺れつつ、心を移して行くことを、次の個処の微妙な触覚によって知ることも出来るのではないのでしょうか、……。

……私について言えば、敗戦のあとの虚脱が全身に浸蝕しはじめ、戦争中の退廃の潜伏が顕われて来たのだ。そしてひと月に二度か三度の伊東静雄訪問が私を支えだす。それは彼を訪うことによって、はげまされ、そしてことばで刺されるために、であった。でも彼の刺し方に、或る甘美がつきまとっていたことがおかしなことであった。彼は私の青白い顔とひげ、そして肉体的な感じが好きだと言ったが、肉体的な感じはむしろ私が彼に感じたものと言えた。それはあの九州人によく見かける、肉が厚く、多血な、感情の大胆な供給、の容貌を彼もまた伝え受けていると見えたからだ。「伊東静雄はかげで君のことをペットみたいに言うとるで」とFが言ったこともみんな状況の根は同じなのだろう。伊東静雄がかげで私のことをなんと言おうと、私が手がかりにできるのは彼から直接感受しうるものだけだ。おもてとかげで二様のすがたがあらわれるのは一般のこと、彼もそのかたむきから自由ではなく、そのところが私の印象には強く、その左右にゆれうごく意見を両方の耳からきくとその中心あたりで彼の本心があぶりだしのように浮き出て、魅力的であった。

（前出「伊東静雄との通交」）

文中の〝F〟は、富士正晴氏でしょうか、林富士馬氏でしょうか。別の個処で島尾敏雄は〝あのいやいやをしてひねくれてみせるところが素晴らしく、私はその方法で文学への眼が開いていったように思えてならない〟（「林富士馬氏への返事」『島尾敏雄全集』第十三巻）と記し、〝素手で敵の中で降参しないでいる方法をおそわったような気がする、……〟（「伊東さんのこと」同第十三巻）と書いています、……。この〝いやいやをして〟の詩人の姿の僅かな揺れが、彼の「はにかみ勝な譬喩的精神の表現」の芯を髣髴とさせる、なにか根の仕草のようなものを、わたくしたちの心にはこんでくれる、「場面」、あるいは何かが起っているときの「物音」のようなものなのではないでしょうか。〝じっと長い間見つめるように、……〟でしょうか、思い掛けず、長くなって来てしまいました。今回は、島尾敏雄さんも、この詩篇の冒頭を引いた後で〝でも彼はその年下の友らに示す拒否の姿勢の底では、持続してその者を考えているあたたかい心をひそませている〟と書く伊東静雄の詩「そんなに凝視《みつ》めるな」を読んで、次回につなげますことをお許し下さい。七行目と八行目が、三好達治氏が美しく摘《つま》むようにして掬いあげて、諫早の記念の碑に、美しく彫り込まれた詩の行です。

そんなに凝視めるな

そんなに凝視《みつ》めるな　わかい友
自然が与へる暗示は
いかにそれが光耀にみちてゐようとも
凝視《みつ》めるふかい瞳にはつひに悲しみだ
鳥の飛翔の跡を天空《そら》にさがすな
夕陽と朝陽のなかに立ちどまるな
手にふるる野花はそれを摘み
花とみづからをささへつつ歩みを運べ
問ひはそのままに答へであり
堪へる痛みもすでにひとつの睡眠《ねむり》だ
風がつたへる白い稜石《かどいし》の反射を　わかい友
そんなに永く凝視《みつ》めるな
われ等は自然の多様と変化のうちにこそ育ち

あゝ　歓びと意志も亦そこにあると知れ

では、次回は、三島由紀夫の詩の心の道へと、むつかしいでしょうが、歩行をこころみてみようと思います。

十八　喪われたひかり

——三島由紀夫と伊東静雄

三島由紀夫は、年譜（『グラフィカ三島由紀夫』新潮社）によりますと、十五歳（昭和十五年）の項に、〝特に伊東静雄の詩を愛する〟という記述がみえます。それより以前の幼年から少年への時期の三島由紀夫さんは、十三歳で処女短篇「酸模」（すかんぽ）を書いていて、以後の厖大な作品や、強くわたくしたちに残しています作家の印象とくらべてみても、これはじつに瑞々しい、別種のヴィジョンへの戸口にたつ作品のような気がいたします。

今回、「詩をポケットに」のこの回で、三島由紀夫の詩心にふれてみようとする心づもりはありませんでした、……。いや、あるいは、「詩をポケットに」のここで、詩心のちいさな秘密、謎の破れるような音を、わたくしの耳が、ふと、聞いたのかも知れません。三島由紀夫のというよりも、十三歳の天才少年平岡公威氏の処女作は、北原白秋の詩を

「序詩」にして、〝白秋の詩を、……〟というかすかな驚きが、わたくしの心に湧いていましたことも申し添えておきたいと思いますが、こうはじまっていました。

うつゝを夢ともおもはねど
現はゆめよりなほ果敢な
悲しければぞなほ果敢な
幻よりもなほ果敢な。

（仄かなもの）より　白秋

＊＊＊

『灰色の家に近寄つては不可《いけ》ません！』

母親は、其の息子、秋彦にいひきかせた。

秋彦の家の傍にはなだらかな丘が浮んでゞも居る様に聳えて居た。樹木が少くもないのに、全体が薄紅色に映えて見えるのは其処に酸模《すかんぽう》の花が、それから少いけれど草爽竹桃《フロックス》のやや薄い臙脂《えんじ》とが零《こぼ》れる様に敷きつめてあつたからであらう。けれども、そこに有つてはならない一つのもの（それは確かに辺りの風景を毀して居た）が、丘の真ん中にどつしりと頑固に坐つて居た。

塀は灰色で、それから大きい門柱も、所々に出つ張つて、遠くからも見える棟々の屋根も、何も彼も灰色をしてゐた。恐らく門の中の広い〳〵庭も灰色の空気に満たされてゐたことであらう。さうで無いものと云へば、黒く冷たい鉄製の大きな門だけだつた。

（「酸模」『三島由紀夫全集』第一巻、新潮社）

この〝鉄製の門〟は、「三島由紀夫」を解く重要な鍵である作品『仮面の告白』のなかの、

三島由紀夫

……私が生れたのは、土地柄《とちがら》のあまりよくない町の一角にある古い借家だつた。こけおどかしの鉄の門や前庭や場末の礼拝堂ほどにひろい洋間などのある・坂の上から見ると二階建であり坂の下から見ると三階建の・燻《くす》んだ暗い感じのする・何か錯雑した容子《ようす》の威丈高な家だつた。暗い部屋がたくさんあり、女中が六人ゐた。祖父、祖母、父、母、と都合十人がこの古い箪笥《たんす》のやうにきしむ家に起き伏ししてゐた。

（『仮面の告白』同、第三巻）

の〝鉄の門〟、〝丘〟と〝坂の上〟〝坂の下〟と呼応していますし、この「鍵穴」こそが「三島由紀夫」、というより「三島由紀夫」になるまえの天才少年平岡公威の心眼が覗いているところです。この「鍵穴」から全作品が流れだしていると感じられますほど、印象に深い次の詩篇（昭和十四年、十四歳）を並べてみますと、ここから、「別の三島由紀夫」が可能であった、その瑞々しく清澄な「別の空気」への驚き、それをさして、さきほどわたくしは〝ちいさな秘密〟〝謎の破れる音〟といっていたのだと思います。こうして読むからでしょう、……いや、こうして、ほんの僅かの驚きの光のなかではじめて読むからでしょうか、この少年の夢のなかの心の〝穴の一杯明いた〟、十二歳の時の詩も一緒に並べて、平岡少年を読むことにいたします。〝鉄の門〟を記憶にしまい込んで、それから読むせいでしょう、一行目の〝低い〳〵垣が何処までも連なつてゐた〟が、これはきっと本当に少年が夢のなかでみた景色だったのでしょう、何故か心に沁みるように、わたくしたちの心にも這入って来るような気がいたします。

昼寝

低い〳〵垣が何処までも連なつてゐた。
小さな〳〵児が垣に沿つて歩き出した。

毛虫に喰はれて穴の一杯明いた、
葉が落ちてきて子供の手をさすつた。
——それは、昼寝の夢だつた。

蟬が八釜しく啼いてゐる。
矮《ちひ》さな人影が森へ入る路にさしかゝる。
蟬が八釜しく啼いてゐる。
森の中の沼地へ落ちた小さい石、
——それは昼寝の夢だつた。

小曲集

I、昼の館

鍵穴のひかりは落ちて、
埃はたえぐ〵と
吐息しつゝ舞ひ上つた。

そのひかりは
あなたの裸体《はだか》の
薔薇と少女《をとめ》の色でした。

昼の館のお廊下を……
もしく姫《ひい》さまお食事です。

（前出『三島由紀夫全集』第三十五巻）

〃別の喪われたひかり、……〃が、ここにたしかに残っているのではないでしょうか。「三島作品」を、こうした、まったく喪われてしまったらしい〃別のひかり〃によって、読み直してみることが、この「謎の大作家」には、これは、次の創作につながって行くような難路でしょうが、それもまた可能なのではないのでしょうか。

この「詩をポケットに」も、こうして、まったく思いもかけなかった詩心のありか（所在、在り所）と出逢っていました。

もっとも三島が敬愛していた詩人伊東静雄とその詩について、書かれた文章を読んでみようと思います。ここに籠っています憤怒、憤激を、わたくしは十分におし測ることが正直いって出来ませんでした。誇りたかい作家のためにこの言葉は、封じておきますが、作家をいたく傷つけたであろうその言葉に、淵源を求めてみようとしましたが、どうやら、それは違う、……。

……なぜ伊東静雄なのか？　俺にとつてあの人の詩句は、着物の中に縫ひ忘れた針のやうに、どこかわからぬが、突然、過去から針先をつき出して、肌を刺してくる感じがする。どんなに典雅な、たとへば詩集「春のいそぎ」の中の詩句でもさうなのだ。伊東静雄の詩は、俺の心の中で、ひどくいらいらさせる美しさを保つてゐる。あの人は愚かな人だつた。生きのびた者の特権で言はせてもらふが、あの人は一個の小人物だつた。それでゐて飛切りの詩人だつた。詩人といふ存在は何と厄介なのだらう。人生でちよつと出会つただけでも、あんな赤むけのした裸の魂が、それなりに世俗に揉まれながら、生きてゐたといふ感じが耐へがたい気がする。詩人などといふ人間がこの世にゐなかつたら、どんなに俺たちは、心を痛めることが少なくてすむだらう。

（「伊東静雄の詩――わが詩歌」前出『三島由紀夫全集』第三十二巻）

この〝俺〟と〝俺の心〟を、あの十三歳、十四歳の瑞々しく初々しい少年平岡公威の心とその声なのだ、……と、今回は読んでおこうと思います。とすると、ここに響いている憤怒、憤激は、自らも属した時代への、そして自らへも向けられた憤怒と憤激であった、……とも読みとれるのだと思います。

深入りしないように、深入りしないようにと気をつけながらここまで来ましたが、こうして予測もしていませんでしたところにまで辿りついてしまいました。最後に伊東静雄の名詩「水中花」を読んで静かに、……と考えていましたが、もう、この〝俺〟は、少年平岡公威の心の声だとわたくしは決めてしまっているかのようですが、心の奥の憤怒の声、そして三島さんが選んだ詩によりまして、思い掛けずも、三回の長旅になってしまいました伊東静雄をめぐる「詩をポケットに」の、この回を終えたいと思います。

……俺は伊東静雄に人生を教はつたことはない。はつきり云へば、その抒情の冷たい澄んだ響きが、俺のもつとも荒《すさ》んだ心情と記憶とに触れるのだ。それが俺にはやりきれない。

俺が声のかぎりに叫んだ場所であの人は冷笑を浮べて黙つてゐた。俺が切実に口をつぐんでゐたときに、あの人は言つてはならない言葉を言つた。あの人の詩句は、いつもそんな塩梅のものに俺には思はれる。そんな詩句がこれほど美しいのは、殆んど許し難いことだ。

伊東静雄の中からたつた一篇を選ぶとき、俺は、思ひ切つて、「海戦想望」を選んでやらうかと思つてゐた。あの、

「つはものが頬にのぼりし
ゑまひをもみそなはしけむ」
といふ天上的な一句によつて忘れがたい詩だ。しかし俺は敢てこれを捨てた。
俺はもつとも音楽的な、新古今集以来もつともきらびやかな日本語で書かれた、あの、ほとんど意味のない、空しいほどに明るい燕の詩を選ぶことに決めた。

燕

門《かど》の外《と》の　ひかりまぶしき　高きところに　在りて一羽
燕《つばめ》ぞ鳴く
単調にして　するどく　翳《かげり》なく
あゝ　いまこの国に　到り着きし　最初の燕ぞ　鳴く
汝　遠くモルッカの　ニュウギニヤの　なほ遥かなる
彼方の空より　来りしもの
翼《つばさ》さだまらず　小足ふるひ
汝がしき鳴くを　仰ぎきけば
あはれ　あはれ　いく夜凌げる　夜《よ》の闇と
羽うちたたきし　繁き海波《かいは》を　物語らず……

わが門《かど》の　ひかりまぶしき　高きところに　在りて
そはただ　単調に　するどく　翳《かげり》なく
あゝ　いまこの国に　到り着きし　最初の燕ぞ　鳴く
（同、「伊東静雄の詩——わが詩歌」）

でも、やはり、〝憤怒の声〟で、この回を終えるのが、何故か口《くち》惜しく、又、濁れ、汚れ、貧しさ、賑わいと、心の清冽が入り混った佳作を読んで終りたいと思います。伊東静雄と「日本浪曼派」のこと、伊東静雄の「戦争詩」については、ほとんどふれずに、むしろ避けるようにして、迂路を、細道を、一心に辿りましたことを、……その痛みもありましたことを最後に申し上げておきたいと思います。三島さんがいわれた「海戦想望」もその一篇でした。さて、覚えてられますでしょうか？　二行目の〝木のうすい〳〵削片〟は、ほとんどあの「有明海の思ひ出」の〝八月の限りない干潟を蹴つて遠く滑る小さい板〟です。

水中花

水中花《すゐちゆうくわ》と言つて夏の夜店に子供達のために売る品がある。木のうすい〳〵削片を細く圧搾してつくつたものだ。そのまゝでは何の変哲もないのだが、一度水中に投ずればそれは赤青紫、色うつくしいさまざまの花の姿にひらいて、哀れに華やいでコツプの水のなかなどに凝としづまつてゐる。都会そだちの人のなかには瓦斯燈に照しだされたあの人工の花の印象をわすれずにゐるひともあるだらう。

今歳《ことし》水無月《みなづき》のなどかくは美しき。
軒端《のきば》を見れば息吹《いぶき》のごとく
萌えいでにける釣《つり》しのぶ。
忍《しの》ぶべき昔はなくて
何《なに》をか吾の嘆きてあらむ。
六月《ろくぐわつ》の夜《よ》と昼のあはひに
万象のこれは自《みづか》ら光る明るさの時刻《とき》。
遂《つ》ひ逢はざりし人《ひと》の面影
一茎《いつけい》の葵《あふひ》の花の前に立て。
堪へがたければわれ空に投げうつ水中花《すゐちゆうくわ》。

金魚《きんぎよ》の影もそこに閃《ひらめ》きつ。
すべてのものは吾にむかひて
死《し》ねといふ、
わが水無月《みなづき》のなどかくはうつくしき。

（『伊東静雄全集』人文書院）

十九　머슴애（モスメ）から娘（むすめ）へ

——高銀

これからご紹介することをこころみてみたいと思います高銀《コ・ウン》先生、——高い、あるいは高く銀と書いて「コ・ウン」さんとお呼びするのですが、そうでした、……「ラジオ放送」のために、ご自身の詩篇を、原詩、原語で、読んで下さいますときに、お名前を意識してはっきりと名乗って下さるように、発声のときの隠された心のようなものが、わたくしたちの耳にとどくように、おねがいしてみようと思っております。

原詩、原語でご自身の詩篇を、……と申しましたが、ここが微妙なところです。高銀《コ・ウン》さんの口から漏れ、わたくしたちの耳にはこばれてきます言葉（高銀氏のこの場合には韓国語ですが、……）別の、……いまは咄嗟に〝言葉の吐息——幽かなためいき〟と、急いで名付けておきますが、それを聞きとる〝注意深い耳〟、〝注意深い別の目〟をわたくしたちも、こうして、いまお話しをしはじめていますわたくしも、今回そこに近付くことが出来ますかどうか、それを、可能なかぎり、この機会に問うてみたいと思っております。高銀さんは、現代韓国を代表する立派な詩人、思想家です。縁あってお逢いし、その声貌と、これから少し詳しく経歴というよりも、高銀氏の人生行路の様子を、わたくしの手元にあります英文資料をもとにご紹介してみたいと思っておりますが、その経験に深い感銘を受けたことがありました。高銀先生、高銀さん、高銀氏と、わたくしの呼び方が揺れておりますのは、わたくしのした驚きと敬意が、まだ揺れおさまらない故でもあるのでしょうか。

高銀《コ・ウン》氏

一九三三年、日本統治下の全羅北道、郡山に生まれる。幼少より知的好奇心が並外れて強く、八歳にして漢文を読みこなしている。小学校三年のとき、日本人の校長の将来何になりたいかとの問いに対し、「日本の天皇」と答えてきつく罰せられた経験を持つ。初めて詩に触れたのは一九四五年。たまたま入手した（路で拾ったともききました、──吉増）ハンセン病の詩人の詩集を徹夜で読み、「彼の詩が与えたショックで私の胸は張り裂けそうになった」と述べている。（この経験を色濃く残す個処には後程ふれます。高銀氏十二歳の時だったのだそうです。──吉増）一九五〇年六月朝鮮戦争が勃発すると、人民軍に強制動員され、爆撃された空軍基地の滑走路の修理に携わる。兄弟同士

高銀（山本桃子撮影）

さえも殺し合う戦争は、高銀氏の牧歌的な心を破壊し、その結果精神障害に陥り、自殺未遂を起す。朝鮮戦争終結前の一九五二年、仏門に入り高僧耘虚の弟子となる。十年間は禅の修行を続け、全国を托鉢行脚。一九五七年には仲間の仏僧とともに「仏教新聞」を刊行し、その編集長として自作のエッセーや詩を掲載。文壇への正式デビューは一九五八年、詩「肺結核」が、著名な詩人の推薦を受け文芸評論誌「現代詩」に掲載されたことによる。一九六〇年に、処女詩集『彼岸感性』出版。僧侶としても高銀氏の名は広く知られるようになり、国立僧侶中央委員会委員などの要職を歴任し、その将来を嘱望されたが、一九六二年に衝撃的な還俗宣言を発表し、仏教界を去る。ショーロホフの『静かなるドン』に質量共に圧倒され、それまで書きためた草稿をすべて焼き捨て、絶望に陥ったとされている。一九六三年から一九六七年にかけては済州島に隠棲し、慈善学校を興し無償でその教師を務めている。二冊目の詩集『海辺の韻文集』が出版されたのはこのころである。（このころのことを、氏は、筆者との対談（「環」第七号二〇〇一年秋、藤原書店）でこう語ってられました、……。年譜の言語ではなく、氏自身の回想ではこうでした。）

高銀　そこに行ったのは住むためでなく、済州島の海に身を投げようと思って行ったのですが、それがうまく行かなかったんですね。最後に飲んだ酒が多すぎて酔いつぶれてしまったのです。済州島では一日中崖に座って波を眺めたり、中学校を立てて子供たちを教えたこともありました。

その時海女たちに会う機会がありました。彼女等は水というものを陸地と差別しないですね。海をこの世だと思っています。で、ある程度行くと、例えば水平線の向こうはあの世だとそこの人々は考えています。自分の夫が舟で出かけて帰ってこなかったら帰ってこないところがまさにあの世だと、そういうふうに考えます。で、海はこの世の家であり、畑であり、それからあの世の墓でもあるのです。

（ずいぶん、なにか、浮かんで来ます空気や情景が「年譜」とはちがいます。）一九六七年、ソウルに戻る。それからの三年間は酒におぼれ、破滅的な生活を送るが、同時にたくさんの詩、小説、随筆などをものしている。そして、一九七〇年には二度目の自殺未遂を起こす。

一九七三年、高銀氏は再び人生の大転換期を迎え、これまでのニヒリズムの代弁者としての地位を拒否し、民族派詩人の闘士として、積極的に当時の社会的・政治的問題にかかわるようになる。朴正熙大統領の多選を可能とする憲法修正案反対運動では、指導的立場に立ち、それ以後、高銀氏は韓国の人権闘争および労働運動に身を投じ、一九七四年、民族芸術人総連合設立の際には初代事務局長となる。公安当局に幾度も逮捕され、懲役刑に処せられたが、韓国民主化運動の中心的存在としての活動の傍ら多数の作品を世に送り出す。一九七七年には『文義村へ行って（On the Way to Munui Village)』『Going into Mountain Seclusion』、一九七八年には『夜明けの道（Early Morning Road)』、その他『唐詩選・杜甫詩選（Selected Poems of the Tang Dynasty and Selected Poems of Tu Fu)』の翻訳、有名な詩人たちの伝記などもある。

一九八〇年五月の光州事件に際しては、高銀氏は再び囚われの身となり、国家反逆罪の容疑で終身刑の判決を受ける。軍事刑務所の独房での日々は、高銀氏の人生観を大きく変えた。獄中で、高銀氏を支えたのは禅の瞑想だった。そのとき、過去に知った多くの人々の運命を考えるにつれて、これまでに出会ったすべての人、さらには自らの全人生を含む雄大な詩作品の構想が生まれた。この変化は高銀氏のその後の詩集、とくに『祖国の星（Homeland Stars)』、さらには『万人譜（Ten Thousand Lives)』に大きく反映されている。（この頃の詩もいくつか読んでみたいと思います。）

（文責、筆者）

　ここから少しとびますが、二〇〇〇年六月の歴史的な南北和解の首脳会談に、金大中大統領の特別随員として同行。六月十四日の会議が終った晩さん会で、金総書記、大統領の前で次の詩篇（「大同江《デドンガン》のほとりで」）、高銀さんご自身によりますと、〝私は平壌《ピョンヤン》に行った時は夜眠れませんでした。二つに分断され敵となった民族がこれから一つになるんだと思ったら、胸がいっぱいになって。で、眠れずに部屋の中にあったお酒を飲みながら起きていた時に、朝の三時くらいにその詩を酔っぱらった状態で即興で書いたのです。翌日の夜、南北共同声明に正式に二人の首脳が署名をしたため、お祭りのクライマックスのような雰囲気になりましたが、私がその詩を書いたのを知っている誰かが韓国の金大統領と北朝鮮（朝鮮民主主義人民共和国）の金委員長に話をしたら、それを詠んでくれといわれたので詠んだのです。〟（前出「環」）ということだったそうです。そのことをご自身の口から聞きますそのまえにもう、どうやらわたくしたちの耳は、確実に、たとえば松尾芭蕉が晩年に「此秋は何で、……」とはげしい慟哭の声をはっしたのと同質の声が、ここに響いていることを直観的に察知しているのではないのでしょうか。百行にも達します高銀氏にしては長い詩ですが、はじまりの三連ほどを読んでみます。晴れの宴席で静かに詩に耳を澄ましてられたであろう、北朝鮮、韓国の並居る要人の心に波打つようにして響いて行ったのは、「韓国」「朝鮮」の母国語であるとともに、詩人高銀氏の心の奥底からの〝宇宙方言〟でもあったのだと思います。高銀さんのこの稀らしい言葉については、このあとで、すぐにご説明したいと思います。〝ほとり〟は、どんな言葉の響きなのでしょう。〝大同江《デドンガン》〟は、はっきりと聞こえています。

大同江《デドンガン》のほとりで　（二〇〇〇年六月十五日南北共同宣言の発表とともに開かれた晩餐会で朗読した詩）

何のためここに来たか
眠れぬ夜を明かし
朝、大同江の水は
昨日であり
今日であり
また明日の青いさざなみであろう
時がこのようにやって来ている
変化の時が誰も
止め得ぬ道を通ってやって来ている
変化こそ真理だ

何のため　ここ　川の前に来ているか

泣くがごとく震える体ひとつで立って
向こうの東平壌・紋繡里《ムンスリ》の野原を眺める
しかるべし
分かたれた二つの民族が
一つの民族となれば
骨の髄まで一つの生となれば
私はこれ以上民族を歌うまい
これ以上民族を語るまい
そんなの全部忘れてはてしなく世の中を放浪しよう

その時までは
その時までは
私みすぼらしい乞食になろうと何になろうと
どうしようもなく民族の記号だ
………

（黄善英氏訳）

ちょうど中程の〝何のためここ　川の前に来ているか／泣くがごとく震える体ひとつで立って〟ここがおそらくこの詩の身体、慟哭する詩の幹なのだろうと思われます。高銀氏の別のテクスト、大作（小説）『華厳経』の最初のシーンに重ねあわせるようにしてみますとき、心の原郷の酔いのようなものが、そう、ある香気と空気をともなって、生気と呼気の濁りをともなって、空中に紙上に舞いはじめるようです。

　ここが、邦訳（三枝寿勝氏訳、御茶の水書房刊）五八〇頁を越える大冊高銀氏の小説『華厳経』のはじまりの一行、二行、三行です。「大同江《デドンガン》のほとり」に立った人の眼と、この河をみているらしい人の眼の、……〝あわい〟と綴ろうとしたのですが、迷って〝*between*〟を辞書でひいていました。〝あわい＝*between*〟は、古期英語で「*be*（＝by）＋*twēonum*（＝two each）」＝「二つのもののそば」、そう、ここにも、言葉（異語）を辿って浮かび上がる小世界があります。この細く烟るようなミチ、〝二つのもののそば〟、……。これは佳いシーンに出逢いました。ここも藤原書店の西泰志氏、訳の黄善英さん経由でおねがいしています、音読を、高銀《コ・ウン》先生に、おたのみしてみたことがありました。仏桑華はハイビスカスでしょうか。この眼の揺れに何かとても純粋なものを感ずるのはわたくしだけでしょうか。〝蘇那河《ソナガン》〟から、……

蘇那河《ソナガン》の夜明け

河の水が酒に酔ったような仏桑華の樹の間に見え始めた。明け方の河の水は水音を殺して勢いよく流れていた。幼い善財はその河を見ることで初めて世界を知り始めたのだ。

ここで、蘇那河《ソナガン》と大同河《デドンガン》が出逢っているのかも知れません。そして、この〝二つのもの（二つの河）のそば〟にわたくしたちもこうして立ち、はじめての〝立ちかた〟をしていることに気がついて、そしてここが大事なことなのだと思います、〝はじめて耳にし目にする言葉〟を、聞いているのです。異語、外国語に耳を澄ますということばかりではなくて、〝仏桑華《ハイビスカス》〟と〝酔ったような河の水をみる眼〟この〝二つのもののそば〟に、わたくしたちも身をおいている。そして、きっと、そっとでしょうが〝樹の間に〟、〝二つのもののそばに〟引き裂かれているらしい人かげが、わたくしたちの眼のすみに、立っているのにも気がつきます。

思いがけず、なんでしょうね、古人のみた夢の渡しのような場所に、わたくしたちも、気がつくと辿り着いているようです。どこかでふれようとは思ってはいましたが、『華厳経』の途中に、こんな印象的なシーンがありました。そこを読ませて下さい。高銀氏が十二歳のときに手にした「手帳（詩集）」の印象と、その「手帳」の長い旅。わたくしたちの、たったいまわたくしたちがしている高銀氏の人生を辿っているこの旅の〝経験〟とかさなっているのでしょう。この樹〝夾竹桃のそば〟に、立っているのは誰なのでしょうか、……。


「……夾竹桃のある枝が言った。

〝幼いお客！　そこを行くお客。そなたの病気をここに掛けて行きなさい。……もう掛けておいてもいいのよ〟

……枯れた樹の枝が一本、独りで揺れていた。……そして彼の癩病をその枝にどさっと掛けた。

〝遠慮もせずに掛けてしまうの？　かなり苦しかったみたいね〟

……苦しみがいつの間にか彼の体から去って行ったのに気づいた。」


〝枯れた樹の枝が一本、独りで揺れていた〟の懐かしさ、悲しさ（の声）は、これはどこからやって来ているのでしょうか。もう、何も、いえないような気がします。高銀さんのいわれる「宇宙方言」には、この枯れた樹の〝独りの揺れ〟が、その芯にあることを感じます。

詩人は自分の母国語を通しての詩人だということです。特に国をなくした経験を持っているわれわれは、言葉もなくしかけた、そういう危機に直面したことがありました。言語が存在の故郷だという、そういう抽象的な理論だけでなく、言葉一つ一つが血であり生であり墓であった、そういう記憶がわれわれにはあります。で、詩人は母国語の詩人であるとともに、もう一つあると思います。特にこのように開かれた時代においては、われわれは宇宙の方言で詩を書く人だと思います。

（前出「環」）

高銀氏に、テープにお声を入れて送って下さるようにお頼みいたしましたのは、今年（二〇〇二年）新刊の『置いてきた詩』のタイトルになった詩篇でした。この〝赤ちゃん〟や〝洗濯物〟や〝風〟はどんなふうにわたくしたちの耳にとどくのでしょうか、……。

置いてきた詩

できるものなら　きっと　そんなことができるものなら
赤ちゃんに戻って
お母さんの子宮の中から
もう一度始めたい時がなぜないだろう

生は自分ひとりで
いつも次の波の音を聞かなければならない
だけど行く道戻るわけには行かないだろう
これまで彷徨った歳月のかけら
あちこち
洗濯物のようにはためいている

貧しかったときは涙さえ足りなかった

ある夜は
弱っていく篝火に寒い背中あて
寂しく振り返って胸あてた
またある夜は
ただ暗闇の中　体全身芯まで凍えがたがた震えた
数多い明日たち今日になる度に

私はしばしば後ろの席の客だった
日暮れ山々は深く
行かなければならない道
来た道よりはてしなく遠い

風　吹いた
風　吹いた

悲しみは最後まで売ったり買ったりするものではないのに
あそこ
ともし火ひとつ
そう悲しめよ

置いてきたもの何があるでしょうか
しかし何か
置いてきたような
留まった席を早く早く振るって立つ

霧が晴れる西の海の岸　泰安半島の端あたりか
それがある時代泣き叫んだ魂であるか詩であるか
（黄善英氏訳）

高銀《コ・ウン》氏の言葉の、……どういったらよいのでしょう、今回、お話ししはじめますときに、〝言葉の吐息――幽かなためいき〟と名付けかけておりましたが、言葉の仕草、振舞い等のむこうから何かを、感知されましたでしょうか。

感知するものは、それぞれの個性、アンテナ、センサー、記憶の傷のようなもの、それによって、変化するはずです。それでよいのだと思います。わたくしの場合は、歳月の喩として、不思議な、……（とわたくしには聞こえて来ていた）おとを立てている「洗濯物」でした。〝白くて、ボロだ、……〟と刹那に、わたくしのなかで誰かが粒焼《つぶや》く（造語です）のをたしかに聞いたようです。そしてわたくしが、高銀氏の詩の宇宙とふれた、〝まったくあたらしい経験の旅路〟が、そう、この詩篇が、「洗濯物」に声を掛け、もういちど、その〝ハタハタ〟でしょうか、〝バタバタバタッ、……〟でしょうか、「風に洗濯物はためく日」の空気にふれてみたいと激しく思ったらしい、そのことが、たしかでした、……。「雑巾」とは、何なのでしょうね。たとえばわたくしは、こんな詩を読むとき、気がつくと、国の境や言葉の違いを忘れています。

ぞうきん

風吹く日
風に洗濯物はためく日
ぼくはぞうきんになりたい
卑屈にならず、ぞうきんになりたい
わが国の汚辱と汚染
それがどの程度か、問うまい
ひたすらぞうきんになって
たったの一カ所でも謙虚に磨きたい

ぞうきんになって、ぼくの監房磨いていた時分
そのころを忘れないようにしよう

ぼくはぞうきんになりたい

ぞうきんになって
ぼくの汚れた一生を磨きたい

磨いたあとの汚れたぞうきん
なんべんでも
なんべんでも
耐えられなくなるまで濯《ゆす》がれたい
新しい国の新しいぞうきんに生まれ変わりたい

（金学鉉氏訳『祖国の星』新幹社）

「詩をポケットに」で、隣国の、この深い苦しみの経験（……そうか〝ぞうきん〟は、その「経験の窓」に下がっている〝しるし〟でしょうか、……）を、心にいっぱいにもってられる、高銀氏をご紹介してみたいと、この「講座」のはじまったときから考えて参りました。いかがでしたでしょう、わたくしはわたくしの〝眼の揺れ〟と、これこそが懐かしくも大事なものだと、心の奥のもうひとつの声が囁くようです、その美しい酔いをふくむような空気とともに、それを持続して、……、おつたえ出来た気がしております。

詩は小さな橋です。高銀先生をはじめてみた日（二〇〇一年四月二〇日東京ビッグサイト、『環』創刊一周年シンポジウム「朝鮮半島と『日本』の関係を捉え返す」）、高銀氏は、こんなに奇蹟的な小さな橋をわたくしたちのまえにさしだされたのです。それは、

韓国の言葉の、머슴애（モスメ）から娘（むすめ）へ

と架けられた、本当に、奇蹟のような（声の、……）ハシでした。そのときの高銀氏の静かな言葉、――幽かなためいきが、忘れられず印象に残っておりました。このことをわたくしはみなさんにお伝えしてみたかったのです。

二十　君に待たるるここちして

——与謝野晶子

今回を含めてあと三回、この「詩のポケット」はあるのですが、少しもう、名残りが惜しい、……。「名残り」は、〝波の余《のこ》り——静かにまだ波立っているイメージ〟、そのせいでしょうか、「歌」のようなものがうたいたい気が、ほんの少しわたくしもしておりました。

有明海の泥の海の小さな滑板やしゃっぱ（泥の海の底に孔をうがち棲む蝦のこと）に、伊東静雄の折、十六回、十八回でふれましたせいでしょうか、今回の原稿を綴りつつ梅雨の雲を窓の下にみて、奄美に飛びますと（二〇〇二年五月十七日〜十九日）、いままでは、少し遠い異語のように聞こえていました言葉たちが、心なし小動物かしゃっぱとなってわたくしのなかに入って来て、海鳴りや賑いを聞かせるようでした。これも「詩をポケットに」の功徳だったのでしょう。奄美が古里の島尾ミホさんの名作『祭り裏』（中央公論社刊）の「潮の満ち干」

の冒頭がここです。稀らしい言葉の空気を二、三行読ませて下さい。

「サングワッサンチヌ《三月三日の》　ハマウリヌ《浜降りの》　トゥキン《時に》　フティムチ《蓬餅を》　カマン《食べない》　チュウヤ《人は》　ウマナティ《馬になり》、
ハマウリティ《浜へ降りて》　ウシュナン《潮水で》　ハギバ《足を》　ヌラサン《濡らさない》　チュウヤ《人は》　ティイコホ《梟に》　ナリュムチュッドヤー《なってしまうそうな》」

島ではこんな言い伝えがあるせいか、旧暦三月三日の浜降りの日にはどこの家でも必ず三角形の蓬餅をこしらえ、それを弁当と一緒に持参してほとんどの者が浜へ降りました。

ごらんいただきまして一目でお判りいただけますように、奄美の言葉とやまとの言葉の二重並記状態がじつに魅力のあるものです。ですが、これだけですと、まだ、この作品世界とそれをささえる世界の奥深さは半分もおつたえ出来ていないのだと思いますので、いつか機会がありましたら、どうぞ島尾ミホさんの「歌」のような言葉のもつ仕草、潮の流れのようにも感じられます抑揚等を、これは、遠い、不思議な声の離島《はなれじま》ですね、このテキストに、もうひとつの耳を襲ね（重ね）るように聞いていただけませんでしょうか。この声の佇いが、古事記や万葉の時代の声の精髄にも通じているのではないかと思うことが、……想像のときが、そのときの景色が豊かな、そんな〝声の刹那〟を感ずることが、わたくしにはしばしばありました。

さて、今回の主題に入って参りますが、あるいは、島尾ミホさんの唄われる歌の言葉に感じられます〝声の自由さ、……〟（ほかに言葉が浮かびませんでしたので、咄嗟に〝自由、……〟と綴ってしまいました、……）が、わたくしたちのしようとしています「歌」への問にすでに、答えているのかも知れません。奄美への旅の途中、あるいは団体行動のバスのなかでわたくしは、近代の大歌人、与謝野晶子と斎藤茂吉が自作の歌を詠みます声の佇いに驚きをもって耳を傾けておりました。「与謝野晶子歌集」や「斎藤茂吉全集」をかかえてではなくて、携えて行きましたのは、カセット・テープ一つでした。想像上の遊びですが、ケータイで、もしも、「歌」が望みどおりに、……昔の人々が頭のなかに「歌の箪笥」のようなハコを持っていてそこから自在に「歌」をひき出せたように、もしも、ケータイで、わたくしたちも、こんな「歌」が呼び出せたらさぞ楽しいし、面白いだろうと、図書館に行き『与謝野晶子全集』（講談社）の「全短歌索引」（第八巻）を捲りながら、この想像をたのしんでおりました。ケータイ（携帯）と「短歌（うた）」は、よく似合うと考えつつ、ちょうど刊行されたばかりの「國文學」（二〇〇二年六月号、學燈社）が「短歌の争点ノート」という特集をしていまして、「声の復権と短歌」という好論文（小沼純一氏）から〝記憶＝伝承のためのメモ書き、楽譜〟が、とても「歌」と人の心を自由にするということを感じましたので、折口信夫の文章と並べて引いてみます。

……「うた」は、文字に書かれたとき、声が発せられる或る持続の場を成り立たせるためのプレ-テクストであり、記憶＝伝承のためのメモ書き、楽譜のようなものとして捉えられないだろうか。だから、詠み手はこの文字を見ながら、あらためて即興的に声のパフォーマンスをおこなうことができるし、ずっとそうやってきた（はずな）のだ。歌を読む／詠む人たちが集まり、そこで紙に記し、声をだして、詠む。そここそが「うた」の成り立つ場であり、歌われ、聴きとられる場である。そして、ゆっくりと、時間の持続のなかで、一音一音を揺らしながら、延ばしながら歌われることで、意味は宙吊りになってゆく。そこにあるのは、まず、声だ。そして歌の意味は、文字として書かれているために、あとで確認することができる。……

（傍線引用者）

小沼純一氏の言葉〝一音一音を揺らしながら〟と、次に引きます折口信夫のいう〝ひらり〟あるいは〝十分にのびのびと、……〟あるいは〝先へ〳〵と延びて行くもの〟は、おそらく符合をしているものだとわたくしは思います。とくに二つ目の引用は折口信夫による与謝野晶子の「歌」についてのものです。

……短歌の上では、しらべ――調子が、からりと解決をつけるのだ。感情的の解決である。直覚的に諒解が行きわたるのである。此しらべは、意義ではないが、意義をてつとりばやく、ひらりと人の頭に写し出すのである。

（「女流短歌史」『折口信夫全集』第十一巻、中央公論社、傍点原文）

からりも面白いですが、ひらりと人の頭に写し出す、……この折口さん独特の響きを通して、言葉がそうして変ずることの驚きと、自由な豊かさをともなって歌が立ち現われる様子がみえるように思います。こうもいわれています。なにげなくいわれているようにみえますが、次の「詞章の自由さ」ということが、与謝野晶子の「歌」を、さらにそこから折口信夫、釈迢空をとらえるもっとも重要な、そう詩心のはたらきといってもよいものなのでしょう、それが語られているのを感じます。

与謝野晶子

歌の伝へる驚きが、まことに意外なことであつたやうに、かうした歌の出来た動機も思ひがけないことであつたゞらう。殆、作らうといふ計画なく口の端に上つて、すら

〳〵と纏つた詞章の自由さといふものが、十分にのび〳〵と出てゐるのを見ねばならぬ。先へ〳〵と延びて行くものが、意外な領域をひらいてゆく……

（同右）

まず、与謝野晶子さんの次の歌から。この「歌」との出逢いのとき、与謝野晶子さん自身の「歌」を詠む声を聞きましたときに覚えた驚きをお話ししたいと思います。

菜の花がところどころを巻絵（蒔絵）してかつ淋しけれ葛飾《かつしか》の野は

この歌は、与謝野晶子四十四歳のときの歌集『草の夢』（大正十一年、日本評論社）におさめられている歌です。十年程前にブラジルで、偶然この歌を詠む晶子の声をわたくしは耳にして、たちまち忘れられない一首となった歌でした。たちどころに暗唱してしまった、あるいはたちどころに覚えさせられてしまった、その驚きは非常なものでした。折口信夫の言葉を借りて申しますと、〝ひらりと頭に写し出されて〟驚いた心が、鸚鵡返しに〝菜の花がところどころを巻（蒔）絵してかつ淋しけれ、……〟とそっくり声を返していた、……。この驚きは「短歌」の心得のない、「歌」を暗記することもないこの頭が、こうして〝声を返す〟ということをした、そのことにあったのかも知れないと、驚きを、分析し原稿化もし、お話ししつづけて来て、今回またそれ（〝声を返す〟ということ）に、あらためて気がついていました。色かも知れません。〝先へ〳〵と延びて行く〟歩行の感じかも知れません。小沼純一氏のいわれる〝メモ書き、楽譜、……一音一音を揺らしながら〟の根のところの揺れでしょうか、……。なにか、「歌」の発生にかすかにふれているようで、怖いような気もいたします。この〝返すもの〟とは、一体何者なのでしょうか。文字通り、手探りで、この天才の歌のはこび、言葉の〝延び〟（折口信夫）、瞬息の心の添い方に耳を澄ましてみて、少しでも、その息の手掛りをつかんでみたいと思います。おそらく、晶子においては、書く手と歌う手が、ほとんど並行（平衡）状態を保って、「歌」の内部を逍遥（……何処かに佳い異境への異語がないものでしょうか、*go for a walk* か *travelling*、……）していて、その逍遥の途上を、わたくしたち読者は読むようです。とすると、「菜の花」の場合には、「とところどころを巻（蒔）、……」、ここらしい。次に「歌」のなかの晶子のじつに奇妙な発声、片側の歌のひびきについてお話ししてみたいと思います。

片側の長き渓川《たにがは》夕月がながす涙のここちこそすれ

この歌は『草の夢』の次の歌集『流星の道』（大正十三年、新潮社）に収められています。〝片側の長き渓川夕月が〟までは、わたくしの耳のアンテナが捉えますと、この歌を詠みます晶子の声は、心なし掠《かす》れていて、まるでちびた毛筆が、刹那に景色をなぞる触感をひきおこすような声の描線、……とひとまずいっておきますが、おそらくは、詠みに入った刹那に、晶子の脳裡に、〝ひらりと写し出された〟心の景色を、わたくしたちは、わたくしたちも瞬時に、耳目に入れているらしいと思われるのです。生活現実から「歌」を説明しようとすることは避けたいのですが、この時期は与謝野晶子にとって特別のときであったようです。この歌集『流星の道』刊行の前年（大正十二年）の九月に関東大震災が起り、そのため晶子は『源氏物語』の訳稿数千枚を失い、さらにその前年には〝大恩ある師〟森鷗外を失っています。その背景と心情を知らずに聞いていても、惻々と作者の心の罅割《ひわ》れのようなものがつたわって来ます。ここにたとえばわたくしは打たれた、……。そのことに気がついたらしい心の、さらに底の心に、歌は飛び乗っていたかのようです。この〝片側〟には、晶子が若き日に耽読したであろう「片町に更紗染《さらさそむ》るや春の風」蕪村の俤も、と感ずることは「読者」の自由なのでしょう。それにしても、この〝片側〟の掠れて少しざらッとした晶子の声の触感を心にとどめて『流星の道』という歌集の題名を考え、歌集五首目の歌を、少し真似をして詠んでみますが、……「わがおちし奈落《ならく》の底に燃ゆる火も衰へがたとなりにけるかな」を読み、次の歌を聞くとき、この「歌集」が尋常なものではなかったことが判る気がして来ます。巻頭の歌と〝片側〟を、〝おちば〟と〝落葉〟

が別々に舞う、晶子の眼の裏、そして〝菜の花〟と四首を並べ直して読み直してみます。そうすることによって、この『流星の道』の胸底の道標（みちしるべ）がわたくしたちの心にも、少し明かにうつしだされるのではないでしょうか。

御空より半はつづく明きみち半はくらき流星のみち

片側の長き渓川夕月がながす涙のここちこそすれ

とこしへに同じ枝には住みがたき身となりぬらしおちばと落葉

菜の花がところどころを巻絵してかつ淋しけれ葛飾の野は

このように編み直し、並べ直して、カセット・テープにも入れ直して聞くのは、わたくしにも初めてのことでした。

「詩をポケットに」の今回は、「旅」で聞きつづけていました、この与謝野晶子の歌の奥行と、そして斎藤茂吉の〝声調〟への幽かな驚き、その報告を並べてみる心積りでした。

しかし、今回、ここまで、与謝野晶子の心中の細道を、縁側に共に腰掛けるようにしてでしょうか、その〝一音一音を揺らしながら、延ばしながら歌われる〟（小沼純一氏）長い視線の傍《そば》にいて、工《たく》まず、芸にもしようとせず、呼吸の自然をさえも心懸けてはいない、この一代の大歌人の佇いに、わたくしは打たれたのでしょう。いまでも手にすることの出来ます「自選歌集」（岩波文庫版）を与謝野晶子が出しましたのは、『流星の道』から十四年後、晶子、六十歳のときでした。かの有名な『みだれ髪』からは僅か十四首しかとってはいない、この「自選歌集」の（ちなみに『流星の道』からは一六九首がとられています）「あとがき」で晶子が書いた文章を読んでから、若き日の与謝野晶子の歌へと、戻ってみたいと思います。

私が歌を作り初めたのは明治三十年頃の二十歳前後からであったようである。島崎藤村氏の新しい詩が雑誌『文学界』に発表され、続いて幾冊かの氏の詩集が出版され、薄《すすき》田泣菫《だきゅうきん》氏が新鮮な詩を多く示されたより後のことである。私は二氏に負う所が多いのである。また正岡子規《まさおかしき》氏に由り、短い形式の詩に勝《すぐ》れたものがあり、短いだけに一歩誤れば非芸術的なものになる差別を、その随筆等で教えられた。歌の影響は氏から受けなかったが、これを以ていえば氏も私の恩人である。亡夫与謝野寛の新詩社が成った時に、その社友に私の加《くわわ》ったのは、後に名簿を見ると二十人目くらいになって居た。私は詩が解るようになって居ながら、また相当に日本語を多く知りながら表現する所は泣菫氏の言葉使いであり、藤村氏の模倣に過ぎなかった。後年の私を「嘘から出た真実」であると思って居るのであるから、この嘘の時代の作を今日も人からとやかくといわれがちなのは迷惑至極である。教科書などに、後年の作の三十分の一もなく、また質の甚《はなは》だしく粗悪でしかない初期のものの中から採られた歌の多いことで私は常に悲しんで居る。

……

（岩波文庫『与謝野晶子歌集』岩波書店）

でも、しかし、……と呟やきながら、この馥郁清新の香りは、終生変りませんでしたね、……と呼び掛けて（これが〝声を返す〟ということなのかも知れませんが、……）、二十一冊目の歌集『心の遠景』（昭和三年）から、直江津の落日を歌った一首の歌の柔かさ不思議な重さの光を胸の光にもしていただいて、そしてこし方を、振り返ることにいたします。

落日が枕にしたる横雲のなまめかしけれ直江津の海

どんな声で、何処にもありえないようなかるさででしょうか、どんなポケット性で読みましょうか。濁音を少しだけ澄まして行く、そんな方向に心を向けるようにして、でしょうか。

なにとなく君に待たるるここちして出でし花野の夕月夜かな

二十一　斎藤茂吉のいるところ

『斎藤茂吉全集』（全三十六巻、岩波書店）、茂吉の歌集を、書架に森のように横たえて（わたくしの場合は、……）二十年程にもなるのでしょうか、その森に這入り込もうとして足踏みをし、後退りし、躊躇もし、怖れ（畏れ）をさえ覚えて、……〝怖れ（畏れ）をさえ〟というところでフデをとめて一夜睡眠のなかで考えていますと、前回きいていただきました与謝野晶子の章に引用をしていました〝「うた」（は、もともと）――記憶＝伝承のためのメモ書き、楽譜のようなもの〟（小沼純一氏、「國文學」二〇〇二年六月号）の小さな変幻ででもあるのでしょうか、樹の幹の傍に立ち、小刀で削るか切傷をつける、あるいは下草を踏んでミチをつくり、木の枝を折りかけて帰りの道しるべにする仕草、物音、匂い、人影が、顕って来ていました。

「歌集」と「書物」はそぐわない、……という遠い声をわたくしたちはかすかに聞きつづけているのかも知れません。あるいはユメのなかのミチの感触で、少しその〃遠い声〃の根のようなものが判りはじめる気もしましたが、どういったらよいのでしょう〃小さな彷徨《さまよ》いの道〃が、森の樹蔭や樹の幹の下にみつけられませんと、わたくしたちは「森」のなかに入って行けないのかも知れません。

「斎藤茂吉」の漠然とした構えの手強さ。茂吉論を含めての書物の山、汗牛充棟を指していいだしていましたが、語りつつ気がつきます。〃手作りの小さな彷徨の道〃に戻ること、茂吉でも晶子でも芭蕉でもいいです。それぞれの呻吟（さまよい、うめき）の息の細道の場面《シーン》に戻るために、茂吉なら『赤光』（大正二年、東雲堂書店）か『あらたま』（大正十年、春陽堂）の覆刻版でもいいですし、それをコピーしてノートに貼った私家版を、手製で造るかして、あたらしいポケットブックを持つことも、わたくしたちの知恵なのかも知れません。

「ケータイ」のような「歌集」を。

前回の与謝野晶子につづいて、今回わたくしのしてみようとしています工夫も、「ポケットブック」か「ケータイ歌集」、その〃かるさ〃〃メモ性〃をとり戻して、僅かにでしょうか「歌」の命《いのち》を恢復させてみようとするこころみであるのかも知れません。終りがけになってこの「詩をポケットに」も、あるいはこうして佳境に入ってきているのかも知れません。

長い前置きとなりましたが、茂吉と芭蕉の場合の〝かるさの感覚〟を、わたくしなりのイメージの転写か模写（*transfer*）ですが、それをご紹介して、茂吉への旅に出ようと思います。茂吉は、とくに初期にでしょうか〝線香一本立てて、それのともる間に歌を作〟（北杜夫氏『日本詩人全集10』新潮社、栞）っていたといいます。なんでしょうね、茂吉とお線香とは、……と絵を、心に描いているときのその状態が、かるくて、少し、ほほえましい。芭蕉さんは『おくのほそ道』完成後、もとより「書物」として世にとおうという思いはさらさらなかったようで、写本の一冊を「年月頭陀《ずだ》の内に隠して、行く先々に随身したまふ」（穎原退蔵・尾形仂訳注『おくのほそ道』角川文庫解説）たのだそうです。芭蕉がその首にかけたずた袋も、材質は木綿なのでしょうか、麻でしょうか、きっととてもかるいものだったのでしょうね。さて、茂吉。

のど赤き玄鳥《つばくらめ》ふたつ屋梁《はり》にゐて足乳根《たらちね》の母は死にたまふなり

死に近き母に添寝《そひね》のしんしんと遠田《とほだ》のかはづ天《てん》に聞《きこ》ゆる

最上川逆白波《さかしらなみ》のたつまでにふぶくゆふべとなりにけるかも

等々の人口に膾炙した名歌は、間然とするところのない傑作とは思いますが、いかがでしょう、それ故に、おもい記憶の自分のもの、その一部になってしまってさえいる、……ということもいえるのではないでしょうか。わたくしはいま、後に述べますことの伏線を敷こうとしています。もっと都会性をもったフシギな閃きのある茂吉の歌への、……。それを、芥川竜之介の眼と同伴しながら、ポケットを、あたらしい詩嚢にしてみたい希みが、わたくしにはあります。その前に、いま〝おもい記憶の自分のもの〟といういい方をいたしましたが、ここには詩歌の愛誦性、暗誦（詩句をそらんずること）という大きな問題もありますこと、少数意見かも知れませんが、この「愛誦性」をつねに突き崩して行くことが、あるいは「愛誦性」や記憶に揺さぶりをかけつづける必要があるということを、わたくしは考えているということを申しあげるにとどめておきたいと思います。

茂吉が、東京、青山でこんな歌を、あるいはこんな眼で、東京の景色、雨の状景をみていたのか、……と刹那の驚きを感じましたのが、この歌（『赤光』）でした、……。

青山の町蔭の田の水《み》さび田にしみじみとして雨ふりにけり

このあと、芥川竜之介の眼をも覗き込むようにしながら、〝のど赤き玄鳥《つばくらめ》〟とはちがった都市の景色にちかづいてみたいと思いますが、学生であった佐藤春夫氏の眼にうつった、茂吉のいる空気が面白いので読んでみます。〝茂吉のいる空気〟ではなく、〝茂吉のいるところ〟を訪ねて行くその足どりと、佐藤春夫の記憶の空気が面白いのです。

あれは「赤光」初版の出た直後だから大正二年であらう。年月日の記憶は正確でないが、「赤光」の出た直後で気候のいい季節であつたことには間違ひがないから多分大正二年の十月末か十一月はじめごろのやうに推定される。何しろ自分の二十一二のころ、今から四十年あまり前の事である。（中略）自分の目の前へ不意に閃き出したのが「赤光」であつた。新詩社末期の歌以外のものを見ないで三十一文字の詩形が果して近代の詩情を盛るに足るかどうかの疑ひを持つてゐた自分は思ひがけなく「赤光」の一読で目が開けたやうな気がした。その声調の美とゆたかに純粋な抒情、それから近代的に新鮮な感覚（わけてもほのかに高雅なエロティシズム）、心理的な自己把握などにすつかり感激した結果、自分は「赤光」の著者に是非一度会つてみたいと思ひはじめた。（中略）ともあれ自分は何人の紹介も

斎藤茂吉

なく、当時その歌人が勤務中の巣鴨脳病院へ約束（もしくは指定）の日時に単身で訪問したものであつた。この間三田の塾の制服姿の倅を見て、自分が偶思ひ出したのは同じやうな姿で脳病院の受付に立つてゐた自分の事であつた、――ちやうどあれぐらゐな子供だつたのだなあと。

手順よく応接間に導かれて窓外の木立や庭の草むらなどを見入つてゐると、靴音とともに現はれた人に向き直つてまだ写真さへ見てゐなかつた赤光の著者をこの時はじめて見たわけである。先方から気軽にわが名を呼びかけられ、さて名を告げられた。初対面の挨拶も何もない、多分おどおどと敬意を籠めた無言の会釈ぐらゐしたのであらう。何しろ二十二の青年で相手は三十に近い人であつた。（大正二年、茂吉三十一歳、――引用者）その清新な歌風と精神病の医学士といふ観念とから何となくスマートな青年紳士を予想してゐた自分は、目の前に一向辺幅を飾らない浅黒い丸顔の下にやぼつたい好みのネクタイを不手際に結んだ村役場の書記か何かのやうな第一印象を受けたのを今もおぼえてゐる。

予想には反してゐたとは云へ、この印象は決して悪いものではなかつた。更に口を利き出した素朴な東北弁やその言葉の内容はその人柄の好もしさを刻々に加へて行つた。

今思ひ出して最も奇異なのは主客が卓をへだてて相対したのではなく、大きな楕円形の卓の片隅に並んで腰をかけて互に低い声で話し合つてゐたことである。……

（佐藤春夫「『赤光』の著者 一つの恵まれたる友情の歴史」『斎藤茂吉全集』月報一）

この〝大きな楕円形の卓〟が何故か心に残ります。先程の〝青山の町蔭の田の水《み》さび田〟のひろさ、大きさとどこかで隣り合って、連れ立って、そのときの「東京風景」が、わたくしたちの眼にもみえている気がしているのでしょうか。

さて茂吉の「歌」の声です。幾首か聞いて考えていただきたいと思いますが、わたくしには、この「茂吉の歌」は、あるいは〝のど赤き玄鳥《つばくらめ》〟を、耳目に入れていますわたくしたちには、とくにこの最初の歌は、驚愕といってよい世界を開くものらしいと感じられていました。わたくしの「ケータイ歌集」の巻頭に置いてみた歌です。

ガレージへトラックひとつ入らむとす少しためらひ入りて行きたり

（テープ、斎藤茂吉の声にて）

歌は、昭和十五年の『暁紅』（昭和十、十一年の歌を収める。岩波書店）からです。時局、時代背景、空気等々ということもあるのでしょうが、それよりもわたくしは、茂吉がおそらくバックして来たのでしょうクルマのうごきを〝少したためらひ、……〟と言いとめたところに、なんともいいようのない、この大歌人の心の芯の揺れ、〝ためらひ〟＝〝彷徨《さまよい》の

小道〃が、感じられて、〃あかあかと一本《いっぽん》の道とほりたりたまきはる我が命、……〃には
ない、違う命をみる気が、かすかにします。この〃少したためらひ〃は、次の、これも命の
歌の、

石亀《いしがめ》の生める卵をくちなはが待ちわびながら呑むとこそ聞け　(同)

の、この〃待ちわびながら〃に、〃少したためらひ〃が、揺れつつ接続していますことを、
朧気ながらですが確実に、わたくしたちも知るのだということを「歌」は、伝えて来ているようにわたくしは感じます。いかがでしょうか。次の歌は、茂吉の代表作のひとつだと思います、『あらたま』からですが、茂吉の体温を感じさせる、このゆったりとしたトーンに身をひたすようにしていますと、……

ゆふされば大根《だいこん》の葉《は》にふる時雨《しぐれ》いたく寂《さび》しく降《ふ》りにけるかも　(同)

大根の葉が、ゆったりたっぷりと揺れている、じつに柔かな心眼がみえて来る気がいたします。次の〃笛とこだま〃の長く美しい畝りにも、なんでしょう、人麻呂について語ったときの〃一大連続声調〃が、むしろこんなところの方に、巧まずに自在に顕って来る、

湧きあがり鳴り響いて行くと感じられて、わたくしはこれをたのしみます。

朝《あさ》あけて船《ふね》より鳴《な》れる太笛《ふとぶえ》のこだまはながし竝《な》みよろふ山　（同）

大急ぎでノートかメモをしておきますが、茂吉の歌を詠む声（「こころの桀／自作・朗読名作選」日本コロムビア、WZ-7051～2）は、茂吉が決めたであろう順序（おそらく年代順で、「トラック」は最後に詠まれています、……）を変えて、編集をしなおして、今日のための「詩をポケットに」版を、小さな、おそらく今日だけの「小さな歌集」として、編み直しております。

さて、芥川竜之介。今回のわたくしの茂吉読みは、この芥川の鋭い眼と出逢って、そしてはじまったのではなく、途上で出逢いましたものですが、それにしましても、よくこの眼を残してくれたものです。読んでみます。

「斎藤茂吉を論ずるのは手軽にできる芸当ではない。少くとも僕には余人よりも手軽に出来る芸当ではない。なぜと云へば斎藤茂吉は僕の心の一角にいつか根を下してゐるからである。僕は高等学校の生徒だつた頃に偶然『赤光』の初版を読んだ。『赤光』は見る見る僕の前へ新しい世界を顕出《げんしゅつ》した。爾来僕は茂吉と共におたまじやくしの命を愛し、浅茅の原のそよぎを愛し、青山墓地を愛し、三宅坂を愛し、午後の電灯の光を愛し、女の手の甲の静脈を愛した……」

（『日本詩人全集10』新潮社、中野重治氏の解説より）

ことにこの後半は、芥川竜之介の記憶の地肌のような個処です。この眼に導かれて「茂吉歌集」へのミチを辿り直すことの歓びは、たとえばわたくしのような者には、無類のものでした。面白いことです。芥川は『赤光』といっていますが、「おたまじやくし」も「午後の電灯の光」も「女の手の甲の静脈」も歌集『あらたま』にありました。今回は、芥川の眼の病的なくらい繊細な眼のひかりを、どうぞ我が眼とされて、そして茂吉のあたたかい柔かい体温の声調をそこに重ねて、味読されては如何でしょうか。「おたまじやくし」はきっとこれです。

おたまじやくしこんこんとして聚合《かたま》れる暁《あかつき》森《もり》の水《みづ》のべに立《た》つ

こんなところに飛んで行って佇んでみたい、……。滾滾《こんこん》と漢字で綴らずに柔かくひらがなにしているところが茂吉の体温でしょうね。「三宅坂」はこれ。

三宅坂《みやけざか》をわれはくだれり嘶《いなな》かぬ裸馬《はだかうま》もひとつ寂《さび》しくくだる

〝裸馬もひとつ〟の〝ひとつ〟を、心の奥で涙をこぼすようにして読んでいる、芥川竜之介の眼が浮かんで来るような歌です。「女の手の甲の静脈」はこれです。

うらさびしき女《をみな》にあひて手《て》の甲《かふ》の静脈《じやうみやく》まもる朝《あさ》のひととき

何でしょう。もう「斎藤茂吉」ということも、「芥川の眼」も忘れて、歌のひかりのなかに参入している我が眼を感じませんですか？　最後に、「午後の電灯の光」が、この歌です。この「新しい都会の人工の光」は、芥川竜之介の心の芯の光とも重なるものです。「歌」を、このようにして読むことになろうとは、「歌のポケットブック」をつくろうと試みました、わたくしも又、驚き、茂吉のこの歌の傍に、芥川竜之介の詩のような一節を添えておきたいと思います。

くもりぞら電柱《でんちゆう》のいただきにともりたる光《ひかり》は赤《あか》く昼《ひる》すぎにけり

次が芥川です。

目の前の架空線が一本、紫いろの火花を発してゐた。彼は妙に感動した。（中略）架空線は不相変鋭い火花を放つてゐた。彼は人生を見渡しても、何も特に欲しいものはなかつた。が、この紫色の火花だけは、――凄まじい空中の火花だけは命と取り換へてもつかまへたかつた。

（「或阿呆の一生」『芥川龍之介全集』第十六巻、岩波書店）

さ、これで、「茂吉歌集」の今回の「私家版」か、「ケータイ歌集」を、あたらしい色のカードのようにしてつくってみる試みは、終りです。いかがでしたでしょう。わたくしは〝歌のたのしみ〟に出逢った気がしていました。こうして読む〝大根の葉〟が〝くちなは（へび）〟が〝裸馬《はだかうま》ひとつ〟が、歌人の心のもっとも柔かいところから出て来ていることを知ったからでしょうか。ふと、思い立って、現代詩の俊英のひとり平出隆氏が一昨年上梓した『弔父百首』（不識書院）に眼が行っていました。

青柿のちさきがふたつ落ちたるを庭より持ちて母微笑せり
死の床に死の理を論じゐる人の魚族《いろこ》のまなこいよしあたらし

対馬なる海神《かいじん》神社の土俵には右の四つより父を崩しき

わたくしたちの読む「歌」に、〝裸馬《はだかうま》〟が〝おたまじゃくし〟が〝くちなは〟が、住んでいて、そして〝青柿のちさき〟や〝右の四つ〟を、微笑みつつ見詰めている気がしておりました。そう思いますと、そう、かの有名な、斎藤茂吉の「逆白波」、……

最上川逆白波《さかしらなみ》のたつまでにふぶくゆふべとなりにけるかも

この「逆白波」も、歌のながい細い道々の〝ちさき〟ものだったのかも知れません。いつもあたらしくなって行くちいさきものの、そのひかりです。

二十二　修羅の宝石

——宮沢賢治

「詩をポケットに」も、とうとう、最後の回となってしまいました。名残りが惜しい、……といいますよりも、第一回目の萩原朔太郎、芥川竜之介、W・B・イェイツ、柳田国男、吉岡実氏、そして「有明海の詩人」伊東静雄等々と、そのときどきに経験いたしました、詩人、歌人の心の難路とともに、ほっと思いがけずも浮かんだ〝魂の果物、玉のようなものの響き〟が自ずと想い起されて、名残り惜しい、寂しい、……というよりも、いま〝玉〟の比喩で、ふと思いだしましたが、次の情景に似た、涯しない、驚きと驚異を、〝人の心を種とした〟詩や歌が、そのみえない底に隠しているのを、あらためて感ずるというのが正直なところです。こんな個処を最終回に引くとは思いがけないことで、二回にも及びましたが、その苦行の旅の「入口」をご紹介することがやっとでした折口信夫の、「石に出で入るもの」から、〝石〟が、〝玉〟が、母胎としての海から、放りだされるようにして生まれてくるのを、嵐が過ぎた日の朝、大昔の人々は、心の底から驚異の眼をもってこの光景をみていたらしい、それを伝えてくる文章を、ご紹介してみたいと思います。

常陸国大洗・磯前の社の由来は、暴風雨の一夜の中に、忽然として、海岸に石が現れた。その石は、おほなむちとすくなひこなとの姿をしてゐるので、人々不思議に思ひ、それを国司から京都に申し上げることになつたのだ、といふ実録でありますが、何処にもある神像石《カムカタイシ》の信仰の古い一つの形です。此は、海の彼方の常世の国から出て来たのであつて、神がこの世に出て来る一つの形です。その形式には、光る物となつたり、小さな人間となつたり、或は石となつたり、色々あります。（中略）この、石が現れて来るといふ事は、現実の世界で考へると、常は注意して居らず、何時も見てゐて、気付かずに、忘れてゐる物を、或時だけふつと気付くので、総ての芸術の源なのです。忽然として出て来ると言うても、前から其処に在つたもので、殊に、暴風雨の翌朝などはすべてのものが皆、目新しく感じられるものですから、気が付くので、此事は、我々の祖先の時から考へられてゐたので、昔から、暴風雨の翌朝、玉を拾ふといふ様な事も皆同じなのです。（中略）実際、海の底に在つても、暴風雨があると、貝殻などの小さい物は、海岸に出て来ます。昔の人は、此を玉と言うて居ます。……

（「石に出で入るもの」『折口信夫全集』第十五巻、中央公論社）

さて、前回の斎藤茂吉の〝古代東北のゆるやかな抑揚を聴いているような歌いぶり〟（高橋世織氏、「ユジャン・バフチャル――触覚論序説」、「國文學」二〇〇二年一月号、學燈社）に触れることが出来ましたことは、わたくしにとりましてもほんとうにちいさなことですが、しかし大きな喜びでした。注意深く茂吉の歌の道に耳を傾けているらしい高橋世織さんのこの言葉に、奥深い〝少しためらい〟、〝よろこび〟、〝おどろきながらあらわれてこようとしている茂吉のこまかいうねるような歌〟の心をもそこにみるということを、つけ加えてみたいと思います。茂吉（〝もきつ〟というのが、山形の言葉の響きなのでしょうか、もきつ）さんの『赤光』には、「田螺と彗星」という奇妙な、……でも味わいのある、連作があって、その一首、たとえばこの歌なども、茂吉自身の声で聞いてみたかったと思うのは、わたくしだけでしょうか。わたくしでうまく読めますかどうか。

味噌うづの田螺たうべて酒のめば我が咽喉仏《のどぼとけ》うれしがり鳴る

稚気、稚児の心の働きに似たもの、この幽かな物音〝うれしがり鳴る〟もまた、茂吉の歌を、……と考えて「田螺篇」七首をよく読んで行きますと「田螺はぬるきみづ恋ひ」「ころりころりと」「わらくづのよごれて散れる水無田《みなしだ》に田螺の殻は白くなりけり」、……瞬時にして茂吉の歌を、一段と深く読めるようになった眼が、……でしょうね、前回の芥川竜之介、佐藤春夫、……の閃光のような眼差しに、そうしてわたくし自身の覚束無い眼差しに対しまして、〝青山の水《み》さび田〟をみる眼はここにあり、と報告をしているようにも感じられておりました。

ご報告もお詫びも「最終回」には沢山あって、果して、別れの戸口に立って、この「詩をポケットに」に、手を振ってお別れが出来るところまで、辿り着けますかどうか。今回は宮沢賢治の宇宙までのあたらしい難路を歩いて行かねばならず、さりとて、「ニュース」のように短縮するわけにもいきません。おそらく、別宇宙から来るようなひかりによる、別の「短縮」が、「詩」には必要で、「ポケット」の中の、それが「みえない小道」なのかも知れません。道元のいった「背手摸枕子ノ夜間ナリ（〝夜中に手を背手《うしろで》にして枕をさぐっているようなそんな夜もあってわたくしたちは生きているのだぞ、……〟と口訳したらよいでしょうか。『正法眼蔵』第十三巻「海印三昧」）」その〝背手〟の働きによって生ずる夜の色、ポケットの裏地の手触りの世界にのびて行く小さな道があるのかも知れません。賢治の有名な「雨ニモマケズ」を、ここで読む

宮沢賢治

とは思ってはおりませんでした。これを、小学三、四年生でしたから、五十五年以上も前に覚えて、教室で毎日暗誦させられましたために、すっかりきらいになってしまって、わたくしは過ごしておりました。「雨ニモマケズ」は、……本当は題名もない、寂しい、「作品」とはいえない、寄辺のない〝小さな、……〟玉のような、石のようなものだったのでしょうね。テクスト（わたくしが持ち歩いていますのは、古い旺文社文庫の『宮沢賢治詩集』ですが）によっては、書かれた日付の「十一月三日」が題になっています。日付が淋しそうに立っている景色がみえているといえるのでしょうか。このもろい（脆い）微妙な、……これも又、いつかいたしましたが、英語の *delicate*――優美、繊細を参照しています、……そんな作品を、仕方もないのでしょうね、それを、子供が大声を出して毎朝暗誦して合唱するようにしていました。その声の印象にとても、……ここまで記憶を辿り、これから賢治について語ろうとすることの予感との交差するところにふと歩みより、……わたくしが云おうとしていることは〝無声〟（「無声慟哭」の〝無声〟、「眼にて云ふ」の〝眼〟、「（丁丁丁丁丁）」、……）のことだと気がついています。

〝何処で、こんな、芯のようなところに気がつくことか、……〟これはわたくしの呟きです。「雨ニモマケズ」に戻りますが、「國文學」二〇〇二年の一月号の「詩」の特集の「対話」で、詩人で宮沢賢治の研究家として名高い天沢退二郎氏と、この「雨ニモマケズ」が話題になりました。そこで天沢さんが、この「雨ニモマケズ」の初見の経験を語って下さったことが、わたくしの印象を一変させていました。天沢氏のもしかしたら、生涯の賢治体験の玉、小さな石のようなものかもしれない、この経験の声を、嵐の朝の浜辺でふと美しい漂流物を拾うように、わたくしも拾ったのです。これによってわたくしのなかで病巣のようにかたまっていました、「雨ニモマケズ」は、みるみるとけて行くようでした。天沢さんの初めての「雨ニモマケズ」経験が、わたくしたちにもつたわってくるように、その発言を慎重に引いてみたいと思います。天沢さんはこういいます、……。

僕の「雨ニモマケズ」の出会い方は、「グスコーブドリの伝記」という童話集の扉に、「雨ニモマケズ」がちょっと置いてあったわけね。あれを読むと、落ち着いて、細々と語っている一つの声が、無心に、しんしんと子供心に伝わってきてね。哲学的に、とか、モラルとか、そういう覚え方をしたわけではないですけどね、まだ七歳か八歳ぐらいのときですから。……やっぱり、「野原ノ松ノ林ノ蔭ノ……」なんていうのはね、うんと記憶に残ったんですね。（そうでしょうね。そういう細いつぶやきから聞こえてきたなんてうらやましいな――これは吉増の相槌の言葉です。……）……ほんとにね、ひとりごとみたいな声が聞こえてきてね。……

天沢さんのいわれる、この〝ひとりごとみたいな声〟を、心に、「雨ニモマケズ」をこれから読んでみようと思います。こうしてこころみます、声にあらわれない声もかさねまして の声の二重、三重化のこころみ。あるいは無声のオペラ、……のこころみなのでしょうね、これは……。今回の賢治のヴィジョンの芯は、三十行あるこのメモ＝作品の、ちょうど（苹果の、……）芯か、折目のところ、十四、十五行目の「野原ノ松ノ林ノ蔭ノ」と「小サナ、……小屋」でしょうか。

雨ニモマケズ
あるいは
十一月三日

雨ニモマケズ
風ニモマケズ
雪ニモ夏ノ暑サニモマケヌ
丈夫ナカラダヲモチ
慾ハナク
決シテ瞋《いか》ラズ
イツモシヅカニワラッテヰル

一日ニ玄米四合ト
味噌ト少シノ野菜ヲタベ
アラユルコトヲ
ジブンヲカンジョウニ入レズニ
ヨクミキキシワカリ
ソシテワスレズ
野原ノ松ノ林ノ蔭ノ
小サナ萱《かや》ブキノ小屋ニヰテ
東ニ病気ノコドモアレバ
行ッテ看病シテヤリ
西ニツカレタ母アレバ
行ッテソノ稲ノ束ヲ負ヒ
南ニ死ニサウナ人アレバ
行ッテコハガラナクテモイヽトイヒ
北ニケンクヮヤソショウガアレバ
ツマラナイカラヤメロトイヒ
ヒ〔デ〕リノトキハナミダヲナガシ

サムサノナツハオロオロアルキ
ミンナニデクノボートヨバレ
ホメラレモセズ
クニモサレズ
サウイフモノニ
ワタシハナリタイ

（『［新］校本宮澤賢治全集』筑摩書房）

どんなふうに読まれましたでしょうか。この作品の読み方には、無量の、……「無限の、……」と綴ろうとして、仏典の〝無量光＝*Amitabha*〟か蓮のイメージがさっと過《よぎ》ったらしく無量の、……と記していましたが、まだまだ無限の詠み方がある筈なのです。宮沢賢治の声は残されていませんが、〝無声〟のままで、きっと賢治の場合は、よかったのだと思います。〝きっと、……〟と小さな呟きを、そっと挟み込みました。わたくしもわたくしたちも、音声化をすることはあるにはありますが、それはあくまで、〝無声〟の宝石のワンカットに過ぎないのだ、……という個人的な考えを挟んでのことでした。「小サナ、……小屋」と「野原ノ松ノ林ノ蔭ノ」を心に、読んだためでしょう、終行五行目の〝デクノボー〟の、黒々と太い質感が、まるで別宇宙から突きだされた、〝棒〟のように感じられていました、……何処か、下から突きだされて来るような俤をともなった恐ろしい人影の〝デクノボー〟です。
どうやら、宮沢賢治の底知れなさ、〝無声〟、その一隅に、わたくしたちもふれはじめたようです。もう幾篇か作品を、「小サナ、……小屋」と「野原ノ松ノ林ノ蔭ノ」を、心に、読んで参りましょう。ちょうど近刊の『宮沢賢治を読む』（佐藤泰正編、笠間書院）が手元にあります。

宮沢賢治と二歳違いの妹宮沢トシとの関係について、賢治が愛する妹の死をどう受けとめていったかという作品に描かれた賢治の思いに関心が向けられることが多いが、さらに私は生前のトシの思索や信仰からの影響関係がそこに反映されていることも看過できないのではないかという問題意識から、これまで宮沢トシについての研究を進め、その影響関係の重要性を指摘してきた。さらに、その妹トシの思索や信仰の思いには、トシが日本女子大学校在籍中に直接教えを受けた校長成瀬仁蔵の影響が大きく、賢治もまたトシを介してその成瀬の思想や実践を意識していた可能性も考えられる、……
（山根知子「『銀河鉄道の夜』――妹トシと成瀬仁蔵の宗教意識からの一考察」、同右）

こうした、賢治研究の深化も、心にすこしおくようにして、次の詩篇を読んでみます。

無声慟哭

こんなにみんなにみまもられながら
おまへはまだここでくるしまなければならないか
ああ巨きな信のちからからことさらにはなれ
また純粋やちいさな徳性のかずをうしなひ
わたくしが青ぐらい修羅《しゅら》をあるいてゐるとき
おまへはじぶんにさだめられたみちを
ひとりさびしく往かうとするか
信仰を一つにするたつたひとりのみちづれのわたくしが
あかるくつめたい精進《しやうじん》のみちからかなしくつかれてゐて
毒草や蛍光菌のくらい野原をただよふとき
おまへはひとりどこへ行かうとするのだ
　（おら　おかないふうしてらべ）
何といふあきらめたやうな悲痛なわらひやうをしながら
またわたくしのどんなちいさな表情も
けつして見遁《みのが》さないやうにしながら

おまへはけなげに母に訊《き》くのだ
（うんにや　ずゐぶん立派だぢやい
　けふはほんとに立派だぢやい）
ほんたうにさうだ
髪だつていつそうくろいし
まるでこどもの苹果《りんご》の頬《ほほ》だ
どうかきれいな頬をして
あたらしく天にうまれてくれ
　《それでもからだくさえがべ？》
　《うんにや　いつかう》
ほんたうにそんなことはない
かへつてここはなつののはらの
ちいさな白い花の匂でいつぱいだから
ただわたくしはそれをいま言へないのだ
　（わたくしは修羅をあるいてゐるのだから）
わたくしのかなしさうな眼をしてゐるのは
わたくしのふたつのこころをみつめてゐるためだ

ああそんなに
かなしく眼をそらしてはいけない

「自省録」を残し、〝日本女子大学入学から死までの八年間、……内なる信仰生活を深めていった〟（前掲論文、山根知子氏）キリスト者トシの俤を、僅かに思いえがいてみますとき、おそらく、詩中の丸括弧内の声は、内なる声とはまた別の、……〝別の地声〟のようにして聴くしかないのかも知れません。この〝別の地声〟が〝無声〟から、〝無声〟の層下から突出してきていることが、わたくしたちにも判りはじめる気がします。とすると、〝（わたくしは修羅をあるいてゐるのだから）〟から細い宝石のひかりをあてられている〝地〟の詩句〝ちいさな白い花の匂〟や〝あたらしく天にうまれてくれ〟の方が、さらに〝別の別の地の声〟なのだというふうに、無量に折り重なりつつ働き（動き）はじめるのではないのでしょうか。

（『春と修羅』序）

（あらゆる透明な幽霊の複合体）

さ、もう、ほとんど「ポケット」のなかの時間が、なくなって参りました。賢治さんの

「鹿踊りのはじまり」、〝耳がきいんと鳴〟って、〝鹿のことばがきこえてきた〟世界、柔かい、見事な宇宙言語を読んで、そうして、お仕舞いにいたします。〝柔かい、……〟といいましたのは、わたくしたちがもうもしかしたら、忘れかけようとしているのかも知れない、小さなもの、鹿たちが驚いてそちらに気をとられている〝白い手拭〟のことを念頭においていました。その〝白い手拭〟を、賢治は〝草の上にくの字になって落ちている〟と表現しています。この〝くの字〟は、賢治の心の宇宙の草の上に落ちている柔かい棒、……あるいはあの〝デクノボー〟の化身であるのかも知れません。賢治の天才の〝草の下、……〟のようなところに、自然に、わたくしたちの眼も、鹿の眼も落ちて行くのではないのでしょうか、……。

小さな工夫をしていますことをご報告してから、「鹿の言葉」を、読んでみたいと思います。「鹿の言葉」と申しましたが、何でしょうね、これも「無声慟哭」のトシの言葉とも似ていて、発語不可能な「無声」の言語なのです。「鹿《しし》踊《おど》り」には、貴重な言葉の楽譜が残っていて、それを耳の遠くにおくようにして「鹿の言葉」を読んでみたいと思います。たとえばこんな表記と響きです。〝かんかた。かたがん。かだかだか。かんかた。かたがん。かだかだかと。〟（『遠野郷　青笹しし踊り』遠野市教育委員会、青笹町獅子踊保存会）ふと、思います。名作「風の又三郎」も、こんな響きから誕生したのではないだろうかと。

進《すゝ》んで行つた一疋《ぴき》は、たびたびもうこはくて、たまらないといふやうに、四本《ほん》の脚《あし》を集《あつ》めてせなかを円《まろ》くしたりそつとまたのばしたりして、そろりそろりと進《すゝ》みました。

そしてたうたう手拭《てぬぐひ》のひと足《あし》こつちまで行つて、あらんかぎり首《くび》を延《の》ばしてふんふん嗅《か》いでゐましたが、俄《には》かにはねあがつて遁げてきました。みんなもびくつとして一ぺんに遁げださうとしましたが、その一ぴきがぴたりと停まりましたのでやつと安心して五つの頭《あたま》をその一つの頭《あたま》に集《あつ》めました。

「なぢよだた、なして逃げで来た。」

「噛《か》ぢるべとしたやうだたもさ。」

「ぜんたいなにだけあ。」

「わがらないな。とにかぐ白どそれがら青《あを》ど、両方《りやうほう》のぶぢだ。」

「匂《にほひ》あなぢよだ。匂あ。」

「柳《やなぎ》の葉《は》みだいな匂《にほひ》だな。」

「はでな、息吐《いぎつ》でるが、息《いぎ》。」

「さあ、そでば、気付《きつ》けないがた。」

「こんどあ、おれあ行《い》つて見べが。」

「行つてみろ」

三番目の鹿がまたそろりそろりと進《すゝ》みました。そのときちよつと風が吹いて手拭《てぬぐひ》がちらつと動きましたので、その進《すゝ》んで行つた鹿はびつくりして立ちどまつてしまひ、こつちのみんなもびくつとしました。けれども鹿はやつとまた気を落ちつけたらしく、またそろりそろりと進《すゝ》んで、たうたう手拭《てぬぐひ》まで鼻さきを延《の》ばした。

こつちでは五疋《ひき》がみんなことりことりとお互《たがひ》にうなづき合つて居りました。

（「鹿踊りのはじまり」）

鹿たちがうなずくときの、〝ことりことり〟という音と、この〝宇宙的な心細さ〟、〝細心〟を、そうして、この柔かい、しかし〝くの字〟の〝手拭〟を、「ポケット」にいれることにいたしましょう。賢治、〝石ッ子〟賢さに、わたくしは「修羅の宝石」と、最終回のタイトルを付けていました。

◉本書で引用した詩文の表記は、仮名づかいは出典のままとし、漢字の字体は、常用漢字および人名用漢字について新字体に置き換えました。

編集協力／湯沢寿久
写真提供／前橋文学館・小千谷市立図書館・藤田三男編集事務所・桜井裕子・共同通信社・是永駿・諫早市立諫早図書館・中尾勘悟・藤原書店（掲載順）

本書はNHKカルチャーアワー・文学と風土『詩をポケットに』（ガイドブック、上・二〇〇二年四月、下・同七月発行）をもとに作成したものです。

NHK
ライブラリー
166

詩をポケットに

愛する詩人たちへの旅

2003(平成15)年9月20日　第1刷発行

著者——吉増剛造

発行者——松尾　武

発行所——日本放送出版協会

〒150-8081 東京都渋谷区宇田川町41-1

電話 03(3780)3398[編集]03(3780)3339[販売]

振替 00110-1-49701

http://www.nhk-book.co.jp

印刷——啓文堂／近代美術

製本——秀和

落丁・乱丁本はお取り替えいたします。
定価はカバーに表示してあります。

Printed in Japan
ISBN4-14-084166-4 C1395

時を止め、考える。 NHKライブラリー

145
佐藤 泉
漱石 片付かない〈近代〉
未完成だったりまとまりの悪いものを多く残した漱石の、その謎とは何か。作品に新たな光を当てる。

149
安藤忠雄
建築に夢をみた
独学で建築を学び、世界的建築家となった著者。多くの影響を受けた史上の名建築と、自作を語る。

150
澤地久枝
ボルガ いのちの旅
悠久の大河を旅し、自らの青年時代に思いを馳せる。尽きせぬ旅愁を込めて綴った、会心のエッセイ。

151
澤田隆治
笑いをつくる 上方芸能笑いの放送史
コメディ演出の第一人者が、上方芸人の芸と人となりを熱く語る。人気番組はこうしてつくられる!

153
金盛浦子
こんな母親が子どもをダメにする
子どもが抱える問題には母親の存在が大きく関係する。カウンセリングを通し、解決の糸口を探る。

時を止め、考える。

NHKライブラリー

155 小関智弘
ものづくりの時代
町工場の挑戦

技術の伝承、創意工夫等知恵と技を生かし元気に生き抜く町工場を訪ね、ものづくりの原点を見直す。

157 桑子敏雄
理想と決断
哲学の新しい冒険

個人と組織にいま求められる、「理想を語り、そして行動するための新しい哲学」を提示する。

158 荻野弘之
哲学の饗宴
ソクラテス・プラトン・アリストテレス

ギリシア三大哲人が遺した言葉に、哲学的思索の「原型」を探りながら、現代の諸問題を解き明かす。

159 角田泰隆
禅のすすめ
道元のことば

『正法眼蔵』『普勧坐禅儀』など道元の膨大な著作から、現代社会にも通じるメッセージを読み解く。

160 吉村作治
ピラミッド文明・ナイルの旅

古代エジプト文明のパワーの源泉を求めて、ナイル川をさかのぼり、遺跡と謎を解き明かす古代史入

時を止め、考える。 NHKライブラリー

宗教・歴史・文明

161 頼富本宏
密教とマンダラ
日本の真言・天台にとどまらない、密教のインド・チベットへのマンダラ的な広がりを縦横に語る。

162 司馬遼太郎／山折哲雄
日本とは何かということ
海図なき不確定な時代をどう生きるのか。人類文明、古今往来のさまざまを語りあう、最後の大型討論。

163 矢島　稔
謎とき昆虫ノート
「ホタルはなぜ光る？」「チョウとガの違いは？」など、虫たちをめぐる「なぜ？」を楽しくときあかす。

164 澤地久枝
自決　こころの法廷
敗戦の夏、一家で自決した陸軍大佐の足跡を辿り、人間を追い詰めていった戦争の酷さを描き出す。

165 田中　浩
「第二の開国」は可能か
明治維新と戦後民主改革という開国実現に尽力した思想家達の生き方から、日本がとるべき道を探る。